騎士団長は恋人が愛くるしくてたまらない!

Youka Koinada
こいなだ陽日

Honey Novel

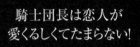

Illustration

八美☆わん

CONTENTS

騎士団長は恋人が愛くるしくてたまらない！

Honey Novel

プロローグ

国境からそう遠くない場所に、一軒の孤児院がぽつんと建っている。周囲に広がる乾いた大地はひび割れていて雑草すら生えない。生暖かい風が砂埃《すなぼこり》を舞い上げながら吹き抜けていく。

殺伐とした景色の中、築十年足らずの建物は綺麗《きれい》だった。風に紛れて子供たちの楽しそうな声が響いてくる。

微笑《ほほえ》ましい音に耳を傾けながら、サニアは洗濯物を取りこんでいた。ホワイトゴールドの長い髪が風に揺らめいて、きらきらと光彩を放つ。日の眩《まぶ》しさに琥珀色《こはくいろ》の目をすっと眇《すが》めた。

孤児院で子供たちの世話をする女性は、年齢や既婚未婚にかかわらず全員マザーと呼ばれている。未婚のサニアも孤児院のマザーの一人であり、つい先日二十三歳になったばかりだ。

サニアが洗濯物についた砂埃を払いながら取りこんでいると、耳に届く笑い声の中に泣き声が混じる。手を止めて急いで声のするほうに駆け出した。

庭につくとたくさんの子供たちがいる。その中で、まだ六歳のネイがうずくまっているのが見えた。

「どうしたの？」

「サニア！　玩具《おもちゃ》の車が壊れて、ネイの指に刺さっちゃったんだ」

「ええっ？　ネイ、指を見せてごらんなさい」

サニアは泣いているネイの手を取って確認する。小さく柔らかい手には大きな木のトゲが刺さっていた。

「大変、すぐに抜かないと」

地面には真っ二つに割れた木製の玩具が転がっている。数年前に寄付されたもので、やんちゃな子供たちに遊び尽くされたそれはボロボロになっていた。

おそらく、玩具の取りあいで引っ張っているうちに壊れてしまったのだろう。割れた部分から木のトゲが飛び出ている。

サニアは壊れた玩具を拾った。これはもう直せないし再利用もできない。子供たちに片付けさせるにはトゲが危険だし、かといって手当てをしている間ここに放置しておくわけにもいかなかった。まだ小さい子も多く、触るなと言ったところで気になって手を伸ばしてしまうだろう。

「あなたたち、ネイを連れて中に入っていて。これを片付けたらすぐに行くわ」

「わかった」

すぐにでも手当てをしてあげたいが、二人目の被害者を出すわけにはいかない。サニアは子供たちを促してから、玩具をごみ捨て場に持っていく。

子供たちというのは、なにをするかわからない。ましてや、孤児院にいるのは親から愛情を持ってしつけられた子供たちではないのだ。ごみ箱を漁《あさ》っては駄目だと言っても、マザーが見ていないところで面白そうなものを勝手に取り出して遊ぶ子もいる。だから子供たちに触らせたくないものは、わざわざ鍵のかかるごみ箱に捨てなければならない。

孤児院裏手のごみ箱の鍵を開け、中に壊れた玩具を捨てる。しっかりと施錠して、サニアはすぐに戻ろうとした。早くトゲを抜いてあげなければと気が急《せ》く。

踵《きびす》を返して足を踏み出した瞬間、地面のひびにつま先が引っかかってしまった。身体《からだ》が宙に浮き、思いきり転んでしまう。

「あっ！」

手をつく前に膝から地面に落ちた。乾ききった大地には大きなひびが走っているから、いつもなら気をつけている。しかし、今はネイのことが気がかりで、注意力が散漫になっていたらしい。

「い、痛……っ」

スカートをまくって確かめると、膝の皮が剝《む》けて血が滲《にじ》んでいた。だが、長いスカートのおかげで直接地面に擦《こす》らずに済み、傷口に砂は入っていない。不幸中の幸いだ。

スカートの砂を払い落とせば、怪我《けが》をしているなんて誰にもわからないだろう。血も少量だ。サニアはじんじんと痛む足でネイの元に急ぐ。皮が剝けた痛みよりも、膝を打った痛みのほうが強い気がした。

（あとで冷やさないと。でも、まずはネイの手当てよ）

ネイはまだ小さい。自分の手にトゲが刺さっているなんて痛い上に怖いだろう。

サニアは小走りで孤児院の中に入る。他のマザーが手当てしていてくれれば——と甘い期待を抱いていたが、ネイは泣きべそをかいたまま椅子に座らされていて、周囲には子供たちしかいなかった。

この孤児院には三十人ほどの子供がいるが、マザーは四人だけ。食事も掃除も赤子の世話も四人で回さなければならず、手が空いているマザーなどいない。

子供たちはネイの怪我が大したことないと判断して、他のマザーを呼びに行かずサニアを待っていたのだろう。

「待っててね、ネイ。今、手当てをしてあげるから」

サニアは救急箱からトゲ抜き用の金具《ピンセット》を取り出すと、ネイの小さな手を取る。突き刺さったトゲがなんとも痛々しい。

「痛いわよね。少しだけ我慢してね」

優しく声をかけながらトゲを抜く。小さすぎるトゲには針を使い、ようやくすべてのトゲを抜き終わった時には疲労感がどっと押し寄せてきた。

「よく頑張ったわね。あとは消毒をして、お薬を塗りましょう」

消毒液は染みるので、ネイは涙でぐちゃぐちゃになった顔をさらにしかめる。しかし、サニアは心を鬼にしてネイの手を消毒した。

「痛ーい！」

ネイがバタバタと足を動かす。

「きちんと消毒しないと、もっと痛くなるかもしれないの。もうちょっとだけ頑張りましょう」

消毒のあとは薬を塗って包帯を巻く。まだ少し痛むだろうが、ネイもようやく落ち着いたようだ。涙が止まっている。

「はい、終わったわ。これで大丈夫。すぐによくなるから」

サニアはネイの頭を優しく撫《な》でた。すると、低く穏やかな声が部屋に響く。

「頑張ったな、ネイ」

はっとして顔を上げると、扉の側《そば》で腕を組んでいる長身の男性がいた。

彼はクローヴァス・ペルティイエ。この孤児院のすぐ側にある国境を警備する国境騎士団の団長だ。

少し硬そうな黒髪に、鮮やかな青い瞳。すっと通った鼻筋は高く、顔立ちは整っていた。

先日三十四歳になったと言っていたが、落ち着いた大人の色気がある。

騎士である彼は肩幅が広くがっしりとしていて、服の上からでも身体の厚みが窺《うかが》えた。

彼の姿を見たサニアの頬が微《かす》かに染まる。

――実は十年ほど前まで、この国は隣国と戦争をしていた。今孤児院が建っているこの大地の上で戦いが繰り広げられていたのである。

その戦争で多大なる功績を立てたのが彼、クローヴァスだ。彼が前線を守っていてくれたおかげで、国の大部分は戦禍を被《こうむ》ることはなかったのである。

戦況は決め手がないまま拮抗《きっこう》し、結局隣国とは和平条約を締結することになった。長い戦争に国全体が疲弊していたというのもある。

戦後、功績を認められたクローヴァスは国境騎士団の長に任命され、警備に当たっていた。

この孤児院はなぜか砦街《とりでまち》の外れにぽつんと建っており、それを気にしてかクローヴァスはよく様子を見に来てくれるのだ。

「クローヴァスさん！」

彼になついているネイがぱっと表情を輝かせる。クローヴァスはネイの脇の下に手を差しこむと高く抱き上げた。

「うわぁ！　たかーい！」

目線がぐんと高くなり、ネイが嬉《うれ》しそうに手足をばたつかせる。

「俺も！」

「わたしもだっこー！」

子供たちがクローヴァスの周囲に集まると、ネイを下ろしてから彼は笑いかけた。青い目が優しげな弧を描く。

「ああ、あとでな。先にサニアと話があるから」

「クローヴァスさん、ようこそおいでくださいました。こちらへどうぞ」

サニアは救急箱を片手に彼を応接室に案内する。これを子供たちのいる場所に残していったら、きっと包帯で遊ぶに違いない。それだけではなく、小さい子が消毒液を舐《な》めてしまったら大変だ。だから、救急箱を置いていくわけにはいかなかった。

そんなことを知らない子供たちは、無邪気に「絶対遊んでね！」とクローヴァスに向かって声をかけている。

応接室に向かう途中、彼が口を開いた。

「勝手に入ってすまなかったな。……とはいっても、一応は子供が案内してくれたんだが」

どうやら、年嵩《としかさ》の子供が彼を案内したらしい。しかし、サニアがネイの手当て中だったので、彼は邪魔をしないよう静かに見守っていてくれたのだろう。

領主なんて子供が泣いていようがどうしようが、こちらの都合お構いなしに「すぐにもてなせ！」とうるさいから、クローヴァスの優しさが心に沁《し》みる。

「クローヴァスさんならいつでも大歓迎ですよ。さあ、どうぞ」

サニアは応接室のドアを開けた。質素な孤児院の中でも、応接室はそれなりに整っている。華美ではないが清潔感があり、来客をもてなすには十分だ。

彼をソファに座らせてから救急箱を置く。

「お茶を用意しますね」

サニアが部屋を出ていこうとすると、ぐいっと腕を摑《つか》まれた。触れた肌の温《ぬく》もりにサニアの胸が跳ね上がる。

「ク、クローヴァスさん？」

「サニア。君、もしかして足を怪我していないか」

「え？」

腕を引かれて無理矢理ソファに座らされる。

「右足か？　見せてみろ」

どうやら、先程ごみ捨て場で転んだ時の怪我がばれていたようだ。子供たちは誰も気付かなかったというのに、さすがは騎士である。痛む足を庇《かば》いながら歩いていたのを見逃さなかったらしい。

「少し転んだだけなので、大丈夫です」

「大丈夫かどうかは俺が判断する。ご婦人の衣服に触れるのは気が引けるが、見せないというのなら俺がまくる」

「……！　わ、わかりました」

さすがに彼にスカートをまくられるのは恥ずかしすぎる。サニアは膝の部分までスカートを持ち上げた。

血は乾いている。しかし、膝が真っ赤に腫《は》れていた。転んだ直後は軽い擦り傷だと思っていたのに、いつの間に腫れていたのだろう？

「わ……」

サニアは自分でも驚いてしまった。確かに痛かったけれど、まさかここまで悪化しているとは。

まじまじと自分の膝を見ていると、クローヴァスは薬箱を勝手に開けて消毒液を取り出す。

「手当てする」

「えっ。自分でやります」

「傷の手当てなら俺のほうが上手い」

サニアは消毒液に手を伸ばしたけれど、あっさりとかわされる。彼は瓶の蓋を開け、患部を消毒した。ちりっとした痛みが膝に生じる。

「少し触るぞ」

「……んっ」

クローヴァスは傷口を避けて膝に触れてきた。太い指が肌を撫でる感触に、痛みよりも羞恥心を覚えてしまう。触れられた部分が熱い。

彼は真剣な眼差《まなざ》しでサニアの膝を見ていた。

「骨に異常はないが、冷やしたほうがいい。だが、しばらくは走ったり、重い荷物を持ったりするのはよせ。子供たちの相手があるから動かさずにいるのは無理だろうが、できる限り安静に。少し待ってろ」

そう言って立ち上がると、クローヴァスは応接室を出ていってしまう。

少ししてから、彼は濡《ぬ》れたタオルを持って帰ってきた。子供たちの誰かに用意させたのだろう。それをサニアの膝に当ててくれる。

「ありがとうございます」

サニアは頭を下げる。

「いや、別にいい。……しかし、君はもう少し自分を大切にしたほうがいい。転んだだけと思っていても、これは放っておいたら悪化するぞ。腫れて歩けなくなったらどうする」

強い口調で窘《たしな》められる。

この優しい騎士は、サニアを心配してくれているのだろう。迫力があるけれど、怖いという気持ちより、嬉しさで胸が躍ってしまう。

「私が歩けなくなったら、みんなに迷惑をかけてしまいますね。でも、さっきはネイが怪我をしていたので、すぐに手当てをする必要があったんです」

「小さい子を優先するのはわかる。だが、俺のほうは待たせてもよかっただろう？　足取りがおかしいから気付いたが、そうでなかったら、いつまでこれを放置しておくつもりだった？」

「うっ、それは……。でも、クローヴァスさんをお待たせするわけにもいきませんから！」

気まずそうに言葉を詰まらせたあと、サニアは笑顔で言い切る。

この孤児院にとって、防衛面でもそれ以外の意味でも、彼はとても大切なお客様だった。

彼よりも自分を優先するなどありえない。

「はぁ……」

クローヴァスが大きな溜《た》め息《いき》をつく。

「サニア、君はもう少し自分を大切にしてくれ。そもそも、君がいなくてはこの孤児院は成り立たないんじゃないか？」

「それは……」

サニアは言葉に詰まる。

この孤児院のマザーは四人。一番若いのが二十三歳のサニアであり、他の三人は齢《よわい》六十を超えていた。人生経験のある先輩マザーたちはとても頼りになるが、力仕事はすべてサニアが担っている。

「そうですね。私が動けなくなったら他のマザーに迷惑をかけてしまいますし、子供たちも困っちゃいますよね」

サニアは素直に反省する。

クローヴァスはますます眉間の皺《しわ》を深めた。どうやら、サニアの答えが気に入らなかったらしい。

「そうじゃない。同じ仲間なら迷惑はかけていい。……そうだな、逆に考えてみろ。他のマザーが身体の不調を隠していたらどう思う？」

「胸が痛くなります。体調が悪いなら隠さないで休んでほしいですし、そのぶん私が働きますので」

「他のマザーたちだって、子供たちだって、君に対して同じように思うだろう」

「私に……ですか？」

思わず小首を傾《かし》げる。

確かに、マザーたちも子供たちも心根の優しい人ばかりだ。きっと心配してくれるだろう。

だからといって、甘えたいという気持ちは芽生えてこなかった。

「でも、私は大丈夫です。我慢できますから。それしか、とりえがないんです」

芯の強さを滲ませてサニアは微笑む。

——今から十年ほど前のこと、父親は徴兵され戦地で命を落とし、母親は病で亡くなった。

薬を飲めば治る病気であったが、不運なことに薬の原料が隣国でしか採れない植物だったのである。戦時中はろくに手に入らず、母親は治療できずに命を散らした。

まだ十三歳だったサニアは天涯孤独となったが、父親が徴兵される際に家族にまとまったお金が支払われていた。母親の薬を買うことは叶《かな》わなかったが、十代前半の子供が命を繫《つな》ぐのには十分なお金である。

戦争が終わるまではなんとかそれでしのぎ、戦後は新しくできた孤児院に身を寄せることができた。戦後は多くの孤児がいたが、残っていたお金の寄付を条件に優先的に入れたのだ。お金があっても、まだ十三歳の子供が一人で生きていくのは難しく、孤児院に入れてほっとしたのを覚えている。

孤児院には同じ年頃の少女が何人もいたけれど、その中でサニアが一番大人しくて聞き分けがよかった。とはいえ、孤児院は子供のための施設であり、大きくなれば出ていかなければならない。

サニアも独立する必要があった。しかし子供たちの数に対してマザーが不足していたので、他のマザーの推薦もあり、そのまま孤児院で働けることになったのである。

その他の子供たちは働き口を見つけることになったが、全員が望む職に就けたわけでもなかった。特に女子は厳しく、誰もがやりたがらない職に就かざるを得なかった子もいる。

そうした一人が孤児院を発《た》つ前、「なんであんたが！」とサニアに怒鳴った。苛立《いらだ》ちを募らせた顔に、吊《つ》り上がった眼差しがサニアを射貫《いぬ》く。憎悪の声は今でも耳に残っている。

（どうして、私が……）

彼女の言葉にサニアはなにも答えられなかった。

たまたま、一番聞き分けがよかっただけ。大人しかっただけ。病気の母親の面倒を見ていたから、料理と裁縫が他の子より得意だっただけ。

サニアは抜きん出て優秀なわけではなかった。ちょっとしたことが他の子より少し上手にできた——それだけで、人生が分かたれたのだ。

マザーは給金がもらえないけれど、屋根のある場所で、食べるものにも困らず、子供たちの相手をして生活ができる。サニアは紛れもなく幸せなのだろう。

ただ、投げかけられた「なんであんたが！」という言葉から今でも頭から離れない。

（私は特別秀でているわけじゃなかった。運がよかっただけ）

人生の分水嶺《ぶんすいれい》でわずかな差が運命を分かつ。

特別優秀ではない自覚があったサニアは、自分が選ばれた罪悪感もあり、子供や先輩マザーのために尽力しようと心に決めた。

自分のことはすべて後回しだ。子供たちの面倒をよく見て年配のマザーたちを助ける。我慢することなら自分にでもできるから、耐える人間になろう、と。

些細《ささい》な怪我くらいどうってことはない。痛みくらい我慢できる。

「サニア……」

クローヴァスはなにかを言いかけて再び溜め息をついた。

その様子に、サニアは戸惑う。自分の答えが彼を落胆させたことはわかっていた。しかし、理由がわからない。

（なにがいけなかったのかしら？　とりえのない私が我慢することは当たり前なのに……）

黙りこむと、クローヴァスが口を開く。

「まあ、いい。……それより、これを。今週の寄付金だ」

彼は机の上に布袋を置いた。

「ありがとうございます！　今、寄付証明書を用意しますので」

「座っていろ。場所はわかる」

立ち上がろうとしたサニアを制し、クローヴァスは応接室の奥にある机の引き出しから小さな帳面とペンを取り出した。数えきれないほどここを訪れている彼は、どこになにがあるのか把握している。

サニアが書きやすいように、テーブルの上に帳面とペン、インクを並べてくれた。帳面を開くと「寄付証明書」と印刷されている。

彼から渡された布袋を開くと、金貨が数枚入っていた。

「今回もこんなに……！　ありがとうございます」

サニアは深々と頭を下げる。

騎士団長である彼は当然、多額の給金をもらっている。しかし、独身である彼は金の使いどころがないらしく、こうして孤児院に寄付してくれるのだ。

大金をまとめて寄付すると泥棒が入るかもしれないと、クローヴァスは毎週少しずつ寄付をしてくれる。忙しい中、何度も足を運んでもらうのは申し訳ないと思っていたが、女と子供だけの孤児院に大金を置いておくのは怖いので、彼の心遣いはとても嬉しかった。

それに、クローヴァスがたくさん来てくれるのは嬉しい。なにより、応接室では二人きりになれる。

「ええと……」

サニアは金貨を数えて記載した。孤児院の控えとクローヴァスのぶんを作成し、サインして彼に渡す。孤児院に寄付をしたぶんは税金が免除されるので、寄付証明書はとても大切なものなのだ。

……もっとも、騎士団長である彼にしてみれば、免除額など些細なものだろうけれど。

「こちらが証明書になります。いつもありがとうございます」

「ああ、別に構わない」

クローヴァスは証明書をしまう。

孤児院には領主から運営費の支給があるものの、食べ盛りの子供たちを養うには到底足りない。とはいえ、資金不足を理由に孤児の引き取りを拒むのは憚《はばか》られた。

かつて子供だったサニアがこの孤児院に入れた一方で、入れなかった子供もたくさんいたのだ。その子たちがどういう運命をたどったのかサニアは知らない。

心苦しいのは年配のマザーたちも一緒だ。なるべく多くの子供たちを引き取りたいが、それには先立つものが必要である。

ちょうどサニアがマザーになった頃、クローヴァスが孤児院の困窮具合を知り、その時からずっと寄付を続けてくれた。彼のおかげで、贅沢《ぜいたく》はできないものの子供たちに食事と服を与えられ、孤児の引き取りを拒むこともなくなったのである。

それに、お金があれば外部から講師を招いて教育もできる。女の子たちに手に職をつけさせることで、それなりの職に就けるようになった。孤児院を出たあとの進路に憂いていたので、クローヴァスには感謝してもしきれない。

「さて、子供たちを構ってくるか。君はまだそこで休んでいろ」

「クローヴァスさんが手当てをしてくださったおかげで、もう大丈夫ですよ。私も行きます」

「駄目だ。帰る前に呼びに来るから、それまでは座ってるように」

強く言い切られれば反論もできない。

そもそも彼が寄付してくれるのは善意からであり、騎士団長の義務ではない。彼の機嫌を損なわないようにと、サニアは年配のマザーからきつく言い含められていた。

休むのは気が引けるが、大人しく彼に従うことにする。

「……わかりました」

「ああ、それでいい」

クローヴァスはにかっと笑うと、ぽんと頭を撫でる。そして、ふと窓の外に視線を向けた。

「おや、ハヤブサが飛んでいるな」

彼は懐かしそうに双眸《そうぼう》を細める。

「ハヤブサになにか思い入れでもあるのですか？」

「ああ。王都の近くに大きな湖があるんだが、そこでハヤブサを使った狩りをしたことがある」

「ハヤブサで狩りですか？　タカではなく？」

狩りといえばタカだと思いこんでいたサニアは目を丸くする。

「ああ、そうだ。水鳥を狙うならハヤブサだ。陛下はハヤブサのほうがお好きなようで、何度かお供させていただいたことがある。急降下する時のあの速さと音は迫力があるぞ」

悠々と空を舞うハヤブサを眺めてクローヴァスは呟《つぶや》く。

「とはいえ、何年もしていないな。……いつかまた、ハヤブサで狩りをしてみたいものだ」

そう言い残して、彼は応接室を出ていった。

大きな背中を見送ってサニアは微かに頬を染める。頭に触られたのは一瞬だったのに、まだ熱が残っているような気がした。

(クローヴァスさん……)

サニアは彼に密《ひそ》かに想《おも》いを寄せていた。

恋だと気付いたのは、はたしていつのことだろうか?

最初は「寄付に来てくれるいい人」としか見ていなかったし、体格も大きく、声も低い彼のことを怖く思っていた。

しかし、彼は会うたびサニアに優しい言葉をかけてくれたし、子供たちにも気さくに接してくれた。寄付をするのだからと横柄な態度をとる貴族も多いが、クローヴァスは違う。子供たちが怪我や病気になれば親身になって心配してくれるし、マザーたちには話しにくいだろう男の子たちの悩みも聞いているようだ。

サニアは次第にクローヴァスの来訪が待ち遠しくなり、彼を見ただけで胸の鼓動が速まるようになった。

しかし彼は騎士団長であり、戦争で功績を残した英雄である。

三十四にもなってまだ独身であることを周囲から不思議がられているが、そのうち彼にふさわしい素敵な女性を妻に迎えるだろう。孤児の自分は彼と不釣り合いなのはわかっている。

この恋が叶うことは願っていない。

ただ、彼を好きなだけで幸せだった。恋を知ってからというもの、淡々と過ごしていた毎日が鮮やかに彩り、生きることが楽しいと思えるようになったのである。この気持ちを教えてくれたクローヴァスには深く感謝していた。

結婚の噂《うわさ》はまだ耳に届かないけれど、その時が来たら心から祝福するつもりだ。だから、せめて好きでいることだけは許してほしい。

(誰にも迷惑をかけなければ、恋をしていてもいいわよね?)

触れられた頭に自分の手を当ててみる。

足はじんじんと疼《うず》くけれど、それよりも早鐘を打つ胸のほうが痛く感じた。

第一章　とんでもない寄付

貴族や金持ちにとって、寄付というのは自らの財力と善意を周囲に示す行為である。やれどこにいくら寄付したなど、貴族や成金たちはそういう話で盛り上がるのだ。

人気がある寄付先は病院と教会だ。人が集まる場所なので、病院や教会は貴族たちを煽《あお》るように寄付者の名前と金額を目立つ場所に掲示する。

一方、孤児院は人が集まるような場所ではない。そんな事情がわかっているのか、クローヴァスは寄付を続けてくれるけれど、他の者からの寄付は滅多になかった。

そんな中、偽善ではなく心からの善意で寄付をしてくれる人がたまにいる。

本日、寄付に訪れてくれたのは若い夫人だった。クローヴァス以外の人が寄付に来るのは実に久しぶりである。

呰街の小さな酒屋で働いていた彼女は、たまたま店を訪れた豪商に見初められて娶《めと》られたばかりだ。サニアの耳にも届くくらい噂になった恋物語である。

結婚するまで平民として働いていた彼女は、この孤児院の財政状況がよくないことを知っていた。だから夫を説得し、こうしてたまに寄付をしてくれるのである。

「お久しぶりです。この孤児院を気にかけていただき、ありがとうございます」

すっかり膝がよくなったサニアは夫人を丁重にもてなす。

「もちろんよ。今、私はとても恵まれているのだから、寄付は本当に必要な場所に届けないと」

夫人は穏やかに微笑む。

過剰の寄付金で病院経営者や教会関係者の一部が私腹を肥やしているのは暗黙の了解だった。よほどいいものを食べているのだろうか、神父は丸々と太っている。

その一方で、孤児院の子供たちはほっそりとしていた。どちらが寄付金を必要としているかは一目瞭然である。

「こちらが寄付金よ。……それと、お金ではないものを寄付してもいいのかしら？」

「物品については証明書を出せないので税金控除の対象になりませんが、それでもよければ喜んでいただきます。どういったものでしょうか？」

お金の寄付ではなく、物品の寄付というのもよくある。この孤児院出身の子たちの大半は砦街で働くが、寄付できるほど生活に余裕があるわけではない。しかし孤児院に恩義があるからと、ちょっとしたものを持ってきてくれる時があった。

とはいえ、貴族や金持ち階級から物品の寄付というのは珍しい。基本的にケチな人間が多いので、税金対策にもならないものを寄付したりはしないのだ。

サニアが小首を傾げれば、夫人がおずおずと紙袋を差し出してくる。

「開けていいですか？」

「え、ええ」

夫人は頰を染めながら、消え入りそうな声で答えた。

(手作りのなにかかしら？　上手にできなかったから恥ずかしいとか……)

上流階級の女性が趣味として縫い物やレース編みを始めることはよくある。夫人がとても恥ずかしそうなので、失敗作を持ってきたのだろうかと思いながらサニアは紙袋の中身を覗《のぞ》いた。

小さな布が何枚か入っている。やはり、刺繡《ししゅう》を失敗したのかもしれない。

サニアは何気なく袋の中の布を一枚取り出してみた。すると――。

「えっ」

思わず素っ頓狂な声を上げてしまう。

取り出した薄い布は三角の形をしていた。下穿《したば》きに見えるが、それにしては布面積が少ない。……というか、肝心の股の部分に切れ目が入っていて、下着としての役目を果たしそうには見えなかった。

「これは下着……ですか？」

おずおずとサニアが訊《たず》ねてみれば、夫人が頷《うなず》く。

「そうなの。……あっ、未使用だから安心して！　すべて新品よ！」

「は、はい。そうなのですね」

サニアはとりあえず、紙袋の中身を全部取り出してみた。

下着というよりただの紐《ひも》だったり、股ぐらの部分が布ではなく真珠のような丸い玉が連なっているものだったり種類は様々だ。下着だと言われなければ、わからないものまである。

「全部、下着でよろしいのでしょうか？」

念のために確認してみると、夫人は「そうなの」と返事をした。

「主人を喜ばせようと思って買ってみたのだけれど、恥ずかしくて着られなくて……。そうこうしているうちに、お腹《なか》に赤ちゃんができちゃったの」

頬を赤らめながら、まだぺたんこのお腹を撫でる。その様子はとても幸せそうだった。

「まあ！　おめでとうございます！」

サニアは心からお祝いを述べる。

「ありがとう。……それで、さすがにこの下着は身体に悪そうでしょ？　捨てるにも、もし使用人に見つかったら陰でなんて言われるかわからないし……」

上流階級の夫人が自らごみ捨てなどしない。それは使用人の仕事だ。

そして、ごみの内容を検《あらた》められることもあるのだろう。ごみ捨てを自分でやっているサニアは、金持ちの夫人も大変だと思ってしまう。

「処分に困ってしまって。だから、どうかこれを受け取ってくれないかしら」

「この下着を……」

サニアは下着に視線を落とす。

「捨ててくれて構わないわ！　それに綺麗なレースだから、その部分だけ取り外せばなにかに使えるかもしれないし」

「確かに、いい布地ですよね」

布は光沢を放ち、手触りも滑らかでいい。最高級の品だろう。

なにかを作るには布地が少なすぎるが、人形の袖とか襟など、少しだけ飾りつけるのにはいいかもしれない。

「ありがとうございます。こちらは引き取りますね」

「ああ、よかった……」

夫人はほっとした表情を浮かべる。買ってみたものの、処分に困っていたのだろう。安堵《あんど》のせいか、鮮やかな紅を塗った唇から軽口が零《こぼ》れた。

「使用人に見られて変な噂が立って、あの領主に目をつけられたら大変だから」

「領主様ですか……」

サニアは苦笑する。

この砦街の領主は五十代半ばにして好色な男だった。女好きが高じて、つい最近奥方に出ていかれてしまったばかりである。それでも反省することなく、自らの地位と財産を使って色にふけっているらしい。

さらに、立場が弱い女性がいれば通りすがりに胸や尻を触る始末。砦街では領主が来たら若い娘を隠せと言われているほどだ。

もし「あそこの奥方は卑猥《ひわい》な下着を持っていたから、好き者かもしれない」なんて噂が流れたら、領主に狙われてしまうだろう。処分に慎重になるのもわかる。

「領主様が代わってくれればいいのだけれど」

夫人は溜め息をついた。

いくら街で嫌われていたとしても、きちんと領主としての仕事をこなしていれば国としては問題がない。領民がいくら願えど、そうそう領主が代わることはないだろう。領主のことが嫌ならこの街を出ていくしかないが、住み慣れた土地を離れるのはそう簡単なことではない。

それに、国境にある砦街は交易が盛んで景気がいい。隣国から新しいものも入ってくる。嫌な人間が領主をしているからといって、その生活を手放すのは愚かな行為であった。

今の生活のまま領主だけ代わってほしいというのは高望みだ。我慢するしかない。

それでも、せめて不満くらいは口にしたい。

「本当に代わってくれればいいですよね」

過去に何度も領主に尻を触られているサニアもまた、憂鬱そうに呟いた。


夫人が帰ったあと、サニアは紙袋を持って部屋に戻った。この紙袋の中身を子供たちに見せるわけにはいかない。小さい子ならまだしも、年嵩の子たちならこれが下着だと勘付くだろう。これは教育に悪すぎる。

サニアは紙袋を開けて中の下着を取り出す。すると、股ぐらの部分に玉が連なっているものが目についた。

綺麗な玉だが、平たい釦《ボタン》と違って飴玉《あめだま》みたいな形だ。これを玩具につけようものなら、小さい子たちが誤って口に入れてしまうかもしれない。

「これは使えないわね」

そう呟くも、このまま捨ててしまうには勿体《もったい》ない気がする。

(そういえば、下着なんてもう何年も新しいものを買っていなかったわ)

新品の下着を手にして、ふとサニアは思い出した。

何年も使っている下着はくたくただ。布がごわつき、穿《は》き心地は悪い。下着として最低限の役目しか果たしていないだろう。

とはいえ、自分の下着を買うくらいなら子供たちのものを最優先するし、年配のマザーだって下着は必要だ。年を取った彼女たちに、ごわごわの下着を穿かせることは忍びなかった。

だからサニアは、下着の新調を後回しにしている。

(これを穿いてみようかしら?)

普通の下着とは違うけれど、値段が高いことはサニアにもわかる。見た目はおかしいが、使用してみたら意外と穿き心地がいいのかもしれない。

サニアは手にしている玉が連なった下着を試しに穿いてみることにした。

くたびれた下着を脱ぎ、斬新な下穿きに足を通す。臀部《でんぶ》の肉はほぼ丸出し状態で、はたしてこれは本当に下着なのかと疑問に思ってしまうほどだ。

しかも、玉の部分は硬くて穿き心地が悪い。

「ん……。穿いてみたらしっくりくるかもと思ったけれど、違ったわね」

サニアは小首を傾げる。

すると、部屋の扉がノックされた。

「サニア!　クローヴァスさんが来たよ!」

廊下から子供の声が聞こえる。

マザーたちの部屋には勝手に入らないようにと、子供たちには厳しくしつけていた。そのおかげで卓上に広げた下着を見られずに済んだとほっとする。

「ありがとう!　すぐ行くわ!」

サニアは手早く下着を紙袋にしまう。

（そういえば、そろそろ今週もいらっしゃる頃だったわね。なんとも言えない穿き心地だけど、クローヴァスさんを待たせるわけにはいかないわ）

サニアは下着を替えることなく、クローヴァスの元へと急いだ。


「やあ、サニア」

クローヴァスは庭で年嵩の男の子たちと一緒にいた。

男の子たちは木刀を持っており、彼に剣を教わっていたのだろう。彼がこうして教えてくれるおかげで、孤児院を出たら騎士団に入る子も少なくない。

「いつもありがとうございます、クローヴァスさん」

騎士団に入れたら将来安泰だ。好意で教えてくれる彼に、サニアは深々と頭を下げる。

「いいや、優秀な子たちが入ってくれれば俺も助かるからな」

「ふふっ。とりあえず、中へどうぞ」

お金を持たせたまま指導させるのは忍びなく、まずは寄付金を受け取ろうとサニアは考えた。孤児院の中へ促す。

「ああ、そうだな。……お前たち、さっき教えたように素振りをしていろ。きちんと腹に力を入れて声を出すんだぞ」

「はい！」

クローヴァスは指示を出してから中へと入る。

応接室に向かう途中、サニアは自分の下腹部に違和感を覚えた。

（あら……？）

歩くたび、連なった玉がどんどん食いこんでくるのだ。

先程はクローヴァスを待たせまいと焦っていたので気付かなかったが、玉がぐりぐりと柔肉を擦り上げてくる。むずむずして変な感触だ。

「……っ！」

サニアは思わず足を止めた。

「どうした、サニア？」

立ち止まってしまったからか、彼が心配そうにサニアの顔を覗きこんでくる。

「い、いえ。なんでも……、ううんっ……！」

身じろぎすると、さらに玉が食いこんできた。変な声が出てしまいそうになり、サニアは奥歯を噛《か》みしめる。頬が熱を持ち、赤くなるのが自分でもわかった。

「どうした？　熱でもあるのか？」

クローヴァスが大きな手を額に当ててきた。その温もりにどきりとして、さらに身体が熱くなる。

「熱はないようだが……」

「な、なんでもありません……っ。……すみません。い、一度っ、部屋に戻っても……いいですか？」

今、自分がおかしい原因は下着である。それがわかっているサニアは、とりあえず下着を替えようと思った。クローヴァスを待たせてしまうが、このまろくに対応できないよりはいいだろう。

「わかった。俺が運ぼう」

「わっ」

クローヴァスはサニアを横抱きにする。逞《たくま》しい腕に抱えられて、胸が痛いくらいに早鐘を打ち鳴らした。

「クローヴァスさん！　自分で歩けます！」

「いや、様子がおかしい。俺が部屋まで運ぶ」

前に子供が「ここがサニアの部屋なんだよ！」と勝手に案内したことがあるので、クローヴァスは場所を知っていた。サニアを軽々と抱き上げながら部屋へと向かう。

彼に抱き上げられているとどうも落ち着かなくて、サニアは視線をさまよわせた。

しかし、今はまともに歩けそうにない。いつもなら大丈夫だと断固拒否するが、今は非常事態である。最初はいやいやと首を振っていたサニアも、彼の腕の中で次第に大人しくなった。

「……っ、ありがとうございます」

素直に礼を伝えると、クローヴァスは眉をひそめた。

「君が大人しく言うことをきくなんて……やはり、おかしいな。体調でも悪いのか？」

どうやら、いつも「平気だ」「大丈夫だ」とばかり言っていたから、素直に好意を受け入れたことに疑問を抱いているらしい。

「だ、大丈夫です！」

まさか、本当の理由を言えるわけもない。サニアは冷や汗をかきながらも笑顔を浮かべてみせる。

「そうか……」

腑《ふ》に落ちないという顔をしていたが、彼はそれ以上追及してこなかった。サニアはほっと胸を撫で下ろす。

クローヴァスの歩幅は大きく、あっという間に自室までたどり着いた。彼はサニアを抱えたまま器用にドアを開ける。部屋を出る前にもらった下着を片付けておいてよかったと思った。

クローヴァスは粗末なベッドにサニアを下ろしてくれる。

様子のおかしいサニアに配慮した、とても優しい動きだった。しかし、下ろされたはずみで、玉がぐりっと深く食いこむ。

「あぁっ！」

彼に抱き上げられている時は平気だったぶん、いきなり強い刺激を感じて、サニアはたまらず声を上げた。鼻から抜けるような甘ったるい音だ。自分でもびっくりして慌てて口を押さえてしまう。

「サ、サニア……？」

クローヴァスは驚いたようにサニアを見つめてきた。突然変な声を出してしまったのだから当然だろう。サニアはますます恥ずかしくなる。

「す、すみません。なんでもありません！　ありがとうございました。すぐに戻りますので、一度部屋を出ていってください」

誤魔化すように一息で告げる。ずいぶんと早口になってしまったけれど、一刻も早く彼に出ていってほしかった。

しかし、クローヴァスは動こうとしない。紫がかった青い瞳がまっすぐにサニアを見つめてくる。

「いや、やはり様子がおかしい」

「そんなことは……っ、んうっ」

騎士団長の迫力に気圧《けお》されて身じろぐと、玉が下腹部を刺激してきた。秘裂の上にある小さな花芯をぐりっと擦られて、我慢できない声があえぎ漏れる。

「いや……っ、んっ、あ……」

サニアは掻痒感《そうようかん》から逃れたくて腰を振ってしまう。食いこんだ下着から逃れる術《すべ》はなく、右に左に玉の位置がずれるだけ。

ぷっくりと膨らんだ蜜芽がいたずらに刺激されて、かっと身体が熱くなった。ぬるりと奥から蜜が溢《あふ》れてきて玉に絡みつくと、さらに滑りがよくなる。

(頭がおかしくなりそう。すぐにでも脱ぎたい……!)

サニアはスカートの上から下腹部を押さえた。

「はぁ……っ、ん。で、出ていってくださ……っ、んうっ」

クローヴァスは切れ長の目を瞠《みは》らせたあと、くるりと踵を返す。

サニアの様子は見るからにおかしいが、必死になって退出を促しているのだから従ってくれるのだろうと思い、少しだけほっとした。

だが、クローヴァスは出入り口の前に行くと、開けっぱなしだったドアを閉める。

女性の個室で二人きりになるのは問題があると思ったのか、紳士的な彼はドアを開けたままにしておいてくれた。子供たちが遊んでいる庭から窓越しに中が丸見えとなる応接室ではドアを閉めるので、外から覗けないサニアの個室では配慮してくれたのだろう。

それなのに、彼はわざわざドアを閉めたのだ。

「えっ？　クローヴァスさん？　どうして……」

せっかく出ていってくれると思ったのに、サニアは泣きそうになる。潤んだ瞳で彼を見上げれば、大きな喉仏がごくりと上下した。

「……今の君を一人にできるわけないだろう。声が外に聞こえないようにドアを閉めた。一体なにがあった？　腹の具合でも悪いのか？」

クローヴァスの心配はもっともだ。優しい彼のことだから、明らかに様子がおかしいサニアを放っておけないのだろう。

「いいえ……っ、ん」

ぎゅっと下腹部に手を当てたまま答える。ぬるついた玉が食いこむ感触に、どうしようもなく火照ってしまう。頰が上気し額に汗が滲んだ。

「さては、変なところに虫でも入りこんだのか？　毒虫なら危険だ。取ってやる」

サニアが下腹部を押さえているのだから、そこに異変が起きていると判断したらしい。彼はスカートの布を摑んでくる。

「やあっ……！」

まくられそうになり、サニアは咄嗟《とっさ》にスカートを押さえた。

「騎士の誓いにかけて変なことはしない。なにがあったかわからないが、手遅れになったらどうする。今は毒虫の繁殖期だ。恥ずかしがっている場合か！」

騎士であるクローヴァスは戦場で様々な判断に迫られてきたのだろう。一瞬の遅れが命取りになると身をもって経験しているから行動が速い。

彼の言う通り、今は毒虫がたくさんいる時期で、サニアも子供たちに注意を促していた。死に至るほどではないが、刺されれば酷《ひど》く腫れてしまい高熱を出すこととなる。

心配するのはもっともだし、彼の気持ちは嬉しいが、事情が事情だけに今だけは放っておいてほしい。

「んっ、あ……やっ……やめてください……んぅ」

「いい加減にしないか、サニア！」

「……っ」

力強く名前を呼ばれた。その迫力に気圧されて動きが止まる。その隙にクローヴァスはサニアの手を優しく払いのけ、スカートをまくり上げた。

（いや……！）

スカートをまくられて、サニアの下腹部が露《あら》わになる。熱を持っていた場所にひやりとした外気が触れた。

「な……っ！」

彼は驚愕《きょうがく》の声を上げた。

サニアが穿いていた下着は、陰部を隠すという役目を果たしていなかった。微かに盛り上がった恥丘はほぼ露わになっており、割れ目だけかろうじて玉で隠れている。食いこんだ連玉が花弁を左右に分けている様子も丸見えだ。

身体から溢れた蜜が玉を濡らし、てらてらと怪しく濡れ光っている。

(見られた……！)

とんでもないものを見られてしまったと思った。裸を見られるより恥ずかしい気がする。

こみ上げてくる羞恥心でひくりと蜜口が疼き、玉が粘膜を刺激した。

「んう……っ」

「サ、サニア？　これは……？　……まさか、領主殿か？　あの色情魔になにか変な命令でもされたのか？」

クローヴァスは驚きながらも、サニアが卑猥な下着を自ら身につけることはないと考えたのだろう。スカートを持ち上げたまま、真剣な顔で訊ねてくる。

「違……っ、んんぅ」

彼の眼差しが下腹部に向けられるたびに、言葉にならない感覚がじわりと下腹部に生じた。

「とりあえず、脱げるか？」

「できません……！」

すでに恥ずかしい姿を晒《さら》しているけれど、クローヴァスの目の前で脱げるはずがない。だから「できない」と答えたけれど、彼は勘違いをした。

「確かに手足が震えているな。脱ぐのも辛《つら》いか。ならば、俺が脱がしてやる」

小刻みに震えるサニアを見てクローヴァスが双眸を眇める。

「なっ……」

「陛下より賜りし剣に誓って変なことはしない！　脱がすだけだ！　脱がなければ、ずっとこのままだろう？」

彼の大きな手が下着の細い紐に触れた。少しかさついた指先が腰に触れ、ぞくりとしたものが背筋を突き抜けていく。

「ああっ！」

びくりと腰が浮いた。ベッドの上なので身体が弾む。その一連の動きで玉がますます秘玉を刺激し、目もくらむような感覚に襲われた。

それは今まで一度も経験したことがないものだ。不快感はないが、よくわからなくて怖くなる。迫り来る未知のそれから逃がれたくて勝手に腰が揺れてしまった。

「お、落ち着け！　あまり動くと脱がしづらい」

その下着はただでさえ小ぶりで、しかも食いこんでいる。さらに腰が揺れているから脱がしづらいのだろう。クローヴァスの焦ったような声が耳に届くが、頭がぼうっとしてしまい身体の自由が利かない。

「ん……ぅ、はぁん」

彼の吐息が太腿《ふともも》にかかり肌が粟立《あわだ》つ。

この状況は常軌を逸しているとわかっていても、どうにもならなかった。彼の息遣いの音にさえ反応し、じんと耳が痺《しび》れる。

(やだ……、恥ずかしい。いや。おかしい。変な気持ち。クローヴァスさんの指が温かくて、触られた部分が熱くって。息がかかると胸が疼いて。下腹部がおかしくって……!)

クローヴァスは優しく下着を脱がしてくれた。玉が秘芽を掠《かす》めた時、サニアは身体を襲っていた感覚の正体に気付く。

(気持ちいい――?)

ずっと自分の身体に降りかかっていたものを感じ取る。その瞬間、サニアの中でなにかが弾《はじ》けた。

「あっ、……っ、あぁあああ――!」

ひときわ大きく腰が跳ね、背筋を仰《の》け反《ぞ》らせる。ぎゅっと足の指先が丸まり、身体が痙攣《けいれん》した。お腹の奥から熱い蜜がじわりと溢れ出て、臀部へと流れていく。

連玉を挟みながらひくひくと花弁がわなないた。クローヴァスの目の前で足を開き、秘めたる部分を見せつけてしまう。彼が息を呑《の》む音が微かに聞こえた気がした。

「はぁ……っ、あ――」

どっと疲れて、ぱくぱくと口を動かす。新鮮な空気を求めて呼吸をせわしなく繰り返した。

身体の力が抜けると、するりと下着を下ろされ足から抜き取られる。

隠すものもなく、彼の前にすべてを晒すこととなってしまうが、ぼんやりとしてしまい隠そうという気にもなれない。濡れそぼった蜜口がひくつく様子も露わだ。

だが、目的を果たしたクローヴァスはすぐにスカートを下ろしてくれた。

「だ、大丈夫か……？」

気遣わしげに声をかけてくる。

「……おかしい、です」

「どこだ？　まだなにかあるのか？」

脱がせた下着を握りしめたまま、彼は真剣な表情で訊ねてきた。心配している様子がありありと伝わってくる。

「身体が熱くて、頭の芯がぼうっとして……」

「――ッ。それは……その、大丈夫だ。女性に起こる現象だから、心配することはない。すぐに落ち着くだろう」

クローヴァスはサニアの隣に腰掛けると、背中を擦《さす》ってくれる。二人ぶんの体重を乗せた古いベッドがぎしりと軋《きし》んだ。

大きく温かな掌《てのひら》が背中を撫でる感触が気持ちよくて、サニアは彼が言った通り徐々に落ち着きを取り戻す。

しかし、冷静になってくると先程の痴態が脳裏をよぎり、血の気が引いた。

おかしな下着を穿いて、しかも彼に脱がしてもらうなんて、とんでもない。

熱かった身体が冷えると、クローヴァスが優しく問いかけてきた。

（私、なんてことを……）

「サニア。落ち着いたようだから訊ねるが、この下着はなんだ？　やはり、あの領主殿にな
にか要求されたのか？　悩みがあるなら相談してほしい」

彼の中では、女好きで悪評高い領主がサニアに要求してきたことになっているのだろう。

日頃の行いが悪いせいだが、無実の領主に申し訳なく思ってしまう。

「いいえ、違います」

嘘をつく必要もないので、サニアは正直に答えた。

「とある高貴な夫人が下着を購入したのですが、あまりに過激すぎて旦那様の前でつけられ
ないとおっしゃっていて……。処分するにも、そういう下着を持っていたことが使用人の間
で噂になったら嫌だと、寄付のついでにここに持ちこんだのです」

「なるほど。……で、それを穿いたというわけか？」

「処分してくれて構わないとのことでしたが、高そうだから捨てるのには勿体なくて……。

私の下着も古くなっていたので、試しに穿いてみたところ、クローヴァスさんがいらっしゃ
って、それで……」

「事情はわかった」

クローヴァスは大きく溜め息をつく。

「サニア。失礼を承知で聞くが、君が普段使っている下着はまさか、あの雑巾のような布のことか？」

「えっ」

彼はベッドの側に置いてあるサニアの下着を指さした。

そういえば、夫人からもらった下着はきちんと紙袋にしまったが、着替える時に脱いだ下着はベッドの上に置きっぱなしだったことを思い出す。

「見ないでください！」

サニアは手を伸ばし、慌てて下着を隠す。

「雑巾ではなかったのか……」

「違います！　きちんと洗濯をしているので綺麗です！」

雑巾と間違われたことは衝撃的たが、そのくらい下着は古くなっていた。いくら清潔に保っていても、くたびれた布は元に戻らない。

「毎週寄付をしているが、下着すら買えないほどこの孤児院の経済状況は逼迫《ひっぱく》しているのか？　もっと寄付金を増やすべきか？」

クローヴァスが案じてくる。

「いいえ、十分すぎるほどいただいてます！　子供たちと年配のマザーたちにはちゃんとした下着を買ってます。でも、私はわざわざ新調しなくてもいいですし、そんなお金があったら子供たちのために使ってあげたいんです」

彼にはかなりの額を寄付してもらっていた。これ以上迷惑をかけるわけにはいかないと、サニアは他の人たちはちゃんとした下着をつけていることを伝える。

しかし、彼は納得しなかった。

「いや、君の下着もきちんと新調すべきだ」

「下着なんて、どうせ見えないですし……」

「……サニア。今日ここに来たのが俺だったからよかったものの、領主殿だったらどうなっていたと思う？　君があんな声を出そうものなら、空き部屋に連れこまれて襲われるぞ。二度とこんなことを起こさないように、下着くらい買うと約束してくれ。金なら出す」

「う……」

なにも答えられなかった。

領主は孤児院の管轄義務があるので定期的に顔を出す。そして、今日領主が訪ねてくる可能性もあったのだ。確かにあんな姿を領主に見られてしまったら、ただでは済まなかっただろう。

「今後は怪しげな下着は穿かないと約束します」

「そうではなく！　……はぁ、もういい。君のことだ。寄付金を増やしたところで、子供たちのために使ってしまうだろう」

「わかってくれましたか」

サニアはぱっと表情を輝かせる。

下着なんて穿ければ十分だ。わざわざ新調する必要はない。今回の件で懲りたことだし、同じ過ちを繰り返さなければいいだけの話である。

クローヴァスに余計な出費をさせずに済んだと安堵するが、彼はとんでもないことを言い出した。

「現物支給することにした」

「……は？」

「明日は仕事で来られないが、メイドに新しい下着を持ってこさせる。それを穿くように」

「え？　クローヴァスさん？　なに言ってるんです？」

下着を支給すると言い出した彼にサニアは目を丸くする。

「こうでもしなければ、君は今後もあの雑巾を穿き続けるんだろう？」

「雑巾ではありません。ちょっと古いだけで綺麗です」

さすがに自分の下着を何度も雑巾呼ばわりされるのは傷ついてしまう。サニアは言い返してしまった。

「こんな下着を穿いてみようと思うくらいには、ボロボロだという自覚はあるんだろう？」

「……っ！」

クローヴァスが脱がせた下着を掲げる。濡れた玉を見せつけられると再び羞恥心がこみ上げてきて、サニアは口をつぐんだ。

「とにかく、明日新しい下着を持ってこさせるから、それを穿くように」

「……はい」

渋々サニアは答える。しかし、はいと答えたその裏では別のことを考えていた。

（新しい下着がもらえたら、年配のマザーたちに渡したらいいわ。私は古いもので十分だし）

そんな思惑を読み取ったかのようにクローヴァスが告げる。

「君のことだ。大方、受け取った下着を他のマザーに渡そうとでも考えているのだろう」

「なっ……」

「いつも君はそうだ。自分のことは後回しで他の人を優先する。この前怪我した時だって、自分の手当てより俺の対応を優先しただろう」

彼は大きな溜め息をつく。呆《あき》れているのだろう。彼の機嫌を損ねるわけにもいかず、サニアは取り繕う。

「クローヴァスさんにいただいたものは、ちゃんと私が穿きますから」

「見えなければばれないとでも思っていないか？　君の子供たちへの思いや献身ぶりには感服している。しかし、自分を大切にするという点においては信用できない。だから、決めた」

じっと、強い眼差しがサニアを見つめてくる。

「きちんと穿いてるかどうか、この目で確かめさせてもらう」

「……は？　え？　……すみません、おっしゃることの意味が理解できないのですが……」

クローヴァスがなにを言っているのかはわかる。それでも本能が意味を理解することを拒み、サニアは目を細めた。

「戦場では自分で見聞きした情報が一番確かだ。信用できないなら、俺が確かめることにすればいい。そうすれば、君だって穿かざるを得ないだろう」

彼は名案だとばかりに頷く。

「ま、待ってください。そんなの恥ずかしいです」

「なにを今更。先程のほうがよほど恥ずかしいと思うが？」

「う……」

まさに彼の言う通りだ。反論の余地もない。

「きちんと着用しているか確かめるだけだ。剣に誓って変なことはしない」

真剣な表情でクローヴァスが言う。

　彼は下着を脱がせて速やかにスカートを下ろしてくれたし、変な場所には触られなかった。騎士が剣に誓うのだから、言葉を違《たが》えることはないだろう。

「なぜ、そこまでするのですか」

「もし今日来たのが俺ではなく領主殿だったらと思うと肝が冷えた。二度と今日のようなことが起きないように下着を支給したいし、君には自分を大切にしてほしい。別に着飾れと言っているわけではない。ただ、下着くらい綺麗なものを穿いてくれ」

「自分を大切に……ですか？　十分、今の生活に満足しています」

　サニアはきっぱりと答える。

　怪我の手当てを後回しにしたって、粗末な下着を穿いていたって、サニアは自分がみじめだとは思わなかった。

　住む場所と食べるものがあって、仕事もある。十分幸せだ。

　だが、クローヴァスはそうは思っていないらしい。

「……とにかく、明日下着を持ってこさせる。絶対に君が着用するように」

　彼は立ち上がる。

「応接室の前で待っている。君は身なりを整えてから来るといい」

　そう言い残して、彼は部屋を出ていった。

（そういえば、脱がされたままでなにも穿いてなかった……！）

一人になったサニアは、慌てて隠した下着を布団の下から取り出す。

「雑巾だなんて酷いわ……」

そう言いながら手にした下着を見つめると、確かに布がくたびれていて綺麗とは言えなかった。雑巾とまで言われたそれを穿くと、少し情けない気持ちになる。

(どうしてかしら？　今まで気にしたことなんてなかったのに)

サニアは小首を傾げる。けれど、クローヴァスを待たせるわけにはいかず、慌てて応接室へと向かった。

下着の話は終わったとばかりに、彼は普通に接してくれる。寄付金の証明書を出し、彼が子供たちのところに向かったところで、ふとサニアは思い出した。

(そういえば、さっきの下着はどこへ？)

脱がされた下着は彼がずっと持っていた。部屋には置いていかなかったし、まさかクローヴァスがあのまま持っていってしまったのだろうか？

(捨ててくれるつもりなんだわ……。うん、きっとそうよ)

訊ねる勇気はなく、サニアは下着の行方《ゆくえ》を深く考えることをやめた。

第二章　孤児院の行く先

　クローヴァスにとんでもない下着を見られた翌日、彼の屋敷のメイドがサニアに紙袋を届けてくれた。中を開けてみれば、新品の下着が十枚も入っている。

「じゅ、十枚も？」

　サニアは驚いてしまった。下着は毎日交換するものなので、たくさんあれば長雨が続いた時に助かるけれど、それにしても十枚は多すぎる。

　一枚一枚取り出して確認してみると、昨日夫人から譲り受けたものに比べて布面積が大きかった。しかし、ひらひらしたレースやリボンなどの装飾がふんだんにあしらわれている。

「こんなにレースがついているなら、年配のマザーたちに分けられないわね……」

　年配のマザーたちはレースが素肌に当たると、ちくちくして不快になるらしい。よって、彼女たちの下着はシンプルなものだった。

　この下着は渡せそうにないし、サニアは指示通りに自分で使うことにする。

　さっそく穿いてみれば、その肌触りに驚いてしまった。

「す、すごいわ！　ごわごわしないし、すべすべして気持ちいい……！」

感動のあまり目を瞠る。

サニアは今までの下着でも十分満足していた。しかし、きちんとした下着を穿いてみると、いかに自分の着用していたものが粗末だったかを思い知る。

硬くごわごわの布とは天と地の差だ。一度この下着に足を通してしまえば、先程まで着用していたものを再び穿きたいとは思えなかった。

「こんなに違うの……？」

たかが下着、されど下着。サニアの身体にぴったりとした大きさで歩きやすく、そこで初めて今までの下着が些細な不快感を生み出していたことに気付いた。

クローヴァスの言うことは間違っていなかった。下着もきちんと新調すべきである。

(新しい下着、素晴らしいわ……！)

この孤児院では、マザーと年頃の女の子たちは下着を自分で洗い、自室に干すことになっていた。だから、サニアが今までボロボロの下着を穿いていたことも、それが新しくなったことも、誰かに気付かれることはない。

新しい下着を穿いたサニアは一日中とてもご機嫌だった。下着一つでこんなに気分が変わるなんてと、自分でもびっくりしてしまう。

(自分のために新しいものを下ろすなんて、何年ぶりかしら)

少女から女性になり、成長が止まってからというもの、服を新調することもなかった。ほつれた服は修繕しながら使っている。

新しい布が入手できても、それで作るのは子供たちの服だけ。子供たちは新しい服を与えられると弾けるような笑顔を浮かべて喜んだ。それを見ているだけで胸が満たされる。

喜ぶ子供たちの姿を微笑ましく思っていたけれど、こうして下着を新調したことで、新しいものを身につけることの嬉しさをサニアは実感した。

(子供たちがあんなに喜ぶのも無理はないわ。新しいものって、こんなにも心が踊るもの)

孤児院の財政は厳しい。それでも、できる限り子供たちに新しいものを着せてあげたいと思ってしまう。

そんなこんなで機嫌よく過ごすこと数日、昼食の時に事件が起こった。カランと器の落ちる音が響く。それと同時に子供の泣き声が上がった。

「わーん！　あたしのご飯ー！」

「う、うるさい。お前が押すからだろ！」

「あたしの場所にはみ出してくるからでしょ！　まだちょっとしか食べてなかったのに！」

争う声が響き渡り、食堂がしんと静まり返る。

子供同士の喧嘩《けんか》は日常茶飯事だが、食べ物が絡むとより剣呑《けんのん》な雰囲気になる。目を向ければ十歳くらいの女子が泣きながら男子を責めていた。

サニアはさっと席を立ち上がり、喧嘩している子たちのところに行く。

「落ち着いて。食事時に喧嘩はいけないわ」

「聞いてよ、サニア！　こいつがあたしのお皿を落としたの！　食べ物を粗末にしたのよ」

「最初に俺を押してきたのはお前のほうだろ？　払いのけようとしたらお皿に手が当たっただけで、わざとじゃないし、悪いのは俺じゃない」

「だから、あんたがはみ出してきたんでしょ！　どうするのよ、あたしのご飯！」

今日のお昼は野菜のスープに小麦粉で作った団子を入れたものだ。パンだったら埃《ほこり》を払って食べられるが、さすがに零した汁物は食べられない。

かといって、鍋にはもう残っていなかった。いつもぎりぎりの分量しか用意できず、団子だってぴったり人数ぶんになるよう数えて作っている。それは子供たちもわかっているので、食事を落とせば食べられなくなると騒いでいた。

喧嘩した子供たちをよそに、他の子たちは自分のご飯を急いで食べている。分けてと言われる前にお腹に入れてしまうつもりなのだろう。

成長期の子供たちにとって、食事はとても大切なものだ。普段は仲よくいい子たちだけれど、食事に関しては神経質になる。人間としての本能かもしれない。

「あんたのせいよ！」

「お前が悪い！」

争っている子たちは今にも手が出そうだ。

「やめなさい。まだ口をつけていないから、私のご飯をあげるわ。その代わり、お互いに謝りなさい。相手の場所にはみ出すのも悪いし、かといって手を出すのもいけないわ」

サニアは優しくとりなす。食事が始まってからも小さい子の食事の面倒を見ていたので、自分の皿には手をつけていなかった。そのままあげることができる。

「えっ？　……でも、サニアはどうするの？」

「大人だから大丈夫よ。あなたたちは成長期なんだから、きちんと食べないと駄目。さあ、落としたものを二人で片付けて。ご飯はそれからよ」

「……はい。ごめんなさい、サニア」

先程まで元気に怒鳴っていた子がしゅんと肩を下げる。

「私に謝る必要はないわ。それよりも、食事の雰囲気を悪くしたことをみんなに謝ってから、お互いに仲直りすること」

「はい」

サニアの指示通り、二人は謝ってから協力して落としたご飯を片付ける。そうしているうちにスープはぬるくなってしまったが、それでも美味《おい》しそうに食べていた。

食堂にはいい香りが満ちていて、サニアのお腹が余計に空《す》いてしまう。

（たった一食、抜くだけだもの。どうせ夜には食べられるし、平気だわ）

ぐうとお腹が鳴ったけれど、そう自分に言い聞かせた。

子供たちを差し置いて自分が食事をするという選択肢はない。優先すべきは子供たちだ。お腹いっぱいというわけにはいかないけれど、子供たちがひもじい思いをしないで済むのなら満足である。

食事の時間が終わり、年嵩の女の子たちと食器を洗っていると、男の子がサニアを呼びに来た。

「サニア！　クローヴァスさんが来たよ。応接室に案内しとくね」

「……！　そういえば、そろそろいらっしゃる頃だったわ。ねえ、ここをお願いしてもいい？」

「うん、任せて」

女の子たちに洗い物をお願いして、サニアは手を拭きながら応接室へと向かう。いつもより胸がどきどきしていたのは先日した約束のせいだろう。

(きちんと穿いてるかどうか、この目で確かめさせてもらう……なんて言ってたけど、本当に確認するつもりなのかしら？　きっと冗談よね？)

もらった下着はつけている。しかし、わざわざ見せる必要はない。

あのような恥ずかしい思いを二度としたくないと思いながらサニアは応接室に入る。

「お待たせしました、クローヴァスさん」

「やあ、サニア」

落ち着かないサニアとは裏腹に、クローヴァスはいつものような気軽さで挨拶をする。そんな彼の態度に少しだけほっとした。

そして、寄付金のやりとりをする。

「ありがとうございました。こちらが証明書になりま……」

そう言いかけたところで、サニアのお腹がぐうっと鳴った。

「す、すみません」

恥ずかしさのあまりサニアは俯《うつむ》く。いい年してお腹を鳴らすのはみっともない。先週といい、彼には恥ずかしい姿を見せてばかりである。

「まだ昼飯を食べていないのか？」

「いいえ。実は子供がご飯を零したから私のをあげたんです。それで、お昼を抜くことになってしまって」

もう鳴らないようにと念をこめながらお腹を押さえる。

「そうか……。食べるのを我慢するくらいに、今の寄付金では足りないか？」

孤児院の財政がよくないことを知っているので、クローヴァスが心配そうに訊ねてきた。

「……っ、それは」

「君だけの問題ではない。正直に言ってくれ。子供たちは食べ盛りだろう？　一人が零しただけで君のぶんがなくなるということは、おかわりも用意できないくらい切り詰めてるんじゃないか？」

毎週寄付してくれる彼に「お金が足りない」と伝えるのは厚かましすぎる。

しかし、これはサニアだけが我慢して済む話ではなかった。自分一人ならまだしも、子供たちに関わることである。少しのためらいのあと、恥を忍んで彼に告げた。

「実は領主様からいただく運営費を下げられてしまいました」

「なんだと？　またか？」

クローヴァスが眉根を寄せる。

国が造った孤児院は、その土地の領主が資金援助するように法で定められていた。

とはいえ、多額の援助をする善良な領主は国内でも稀《まれ》である。孤児院は金食い虫であり、厄介者のように思われていた。

ここの領主も孤児院をよく思っていないことは明らかで、渡される運営費は少しずつ削減されていた。文句を言えばもっと下げられてしまうので、我慢するしかない。

国に陳情するにも、クローヴァスの寄付金のおかげで、この孤児院では死者が出ていなかった。貧しいながらもなんとかやっていけている。この状態では国に訴えても相手にしてもらえないだろう。

国だって、辺境の小さな孤児院に関わっている暇などない。実害が出ている孤児院は他にあるだろうし、そもそも孤児院以外の問題が山積みだ。

だからサニアたちはなにもできずにいる。

「それに野菜が値上がりしていて、食費が嵩《かさ》んでしまいました」

「そういえば、最近の野菜は少し高いようだな。かといって、子供たちに野菜を食べさせないわけにはいかない。……わかった、来週は寄付金をもう少し多めに持ってこよう」

「……っ、ありがとうございます。でも、クローヴァスさんからは毎週たくさんいただいているのに、これ以上なんて申し訳ないです」

子供たちを健やかに育てたいという思いと、クローヴァスへの申し訳なさが胸の中でせめぎあう。しかし、罪悪感を打ち消すように彼は明るく言った。

「構わない。俺だって君と同じように、子供たちには元気に過ごしてほしい。ただでさえ親を失っているんだ。これ以上、我慢させたくはない」

「クローヴァスさん……」

「それに、俺は独身だ。騎士団長としてそれなりの報酬をもらっているが、これといった使い道がない。これは俺の自己満足でやっているのだから、君が気にすることはない」

クローヴァスが微笑む。その優しさにサニアの心が温かくなった。やはり彼のことが好きなのだと強く思い知る。

「ところで、サニア。これをやる」

彼はポケットに手を入れると、キャンディを取り出した。

「まあ、キャンディですか？」

「ああ。ここに来る途中に出会ったご老人からもらった。俺は甘いものは好かないが、一つしかないから子供たちにあげるわけにもいかない。君が食べてくれ。少しは腹の足しになるだろう」

「……！　ありがとうございます」

お腹が空いていたから、飴玉一つでもとても嬉しい。

(お昼も抜いていたし、せっかくだからいただこうかしら)

「子供たちに見つからないように、今食べてしまうといい」

もしたくさんのキャンディをもらったなら子供たちに分けるが、一つだけとなると喧嘩になることは目に見えていた。

「はい！　いただきます」

サニアは包み紙を開いて口に入れる。甘い味が広がり幸せな気分になった。

「……っ、美味しいです」

頬を押さえながら感嘆の息を漏らす。

「――ッ。愛らしすぎる……」

ぼそりとクローヴァスがなにかを呟いたが、彼の声はとても低くて、喧噪《けんそう》に紛れると耳に届きづらい。なにせ、外で元気に騒いでいる子供たちの声が絶えず聞こえてくるのだ。

「え？　なんですか？」

「いや。嬉しそうでなによりだと言った」

咳払《せきばら》いしながらクローヴァスが告げる。

「もっと食べさせたいが、食べ物なんて持ち歩かないからな。干し肉くらい持ち歩けばよかったか」

「いいえ、キャンディをいただけてとても嬉しいです。ありがとうございます」

飴なんて久しぶりだ。子供に戻ったような気分になるし、彼がくれたものだと思うと余計に美味しい。ゆっくりと舌先で転がして味わう。

そんなサニアを、クローヴァスは頬杖《ほおづえ》をつきながら穏やかな表情で眺めていた。

サニアとて子供が美味しそうに食べる姿を見守るのが好きだが、自分はもう立派な大人である。見守られるのは気恥ずかしいけれど、焦って飴を噛むことはしたくなかった。大切に食べたい。

たわいもない話をしながら、クローヴァスはサニアが飴を舐め終わるのを待ってくれた。

彼が寄付金を持ってくることは子供たちも知っており、大切な話をしているとわかっているので、緊急事態でも起きない限り応接室に来ることはない。

サニアがこっそり飴を食べたことはばれないだろう。クローヴァスの心遣いに感謝する。

（それにしても、キャンディをもらうなんて……なんだか、とってもかわいいわね）

三十を過ぎた男性が飴をもらう姿を想像して思わず笑みが零れる。まあ、老齢のかたにしてみれば、クローヴァスもまだまだ子供に見えるのかもしれない。

そして、甘いものが苦手でも断らずに受け取るのがとても彼らしく思えた。

そんなことを考えているうちに飴はどんどん小さくなって、すべて口の中で溶ける。飴一つではお腹が満たされないけれど、幸せな気分になった。

「ごちそうさまでした。とても美味しかったです」

「ああ、それならよかった」

クローヴァスが頷く。

「もしよろしければ、子供たちと遊んでいっていただけませんか？」

「ああ、もちろん。だが、その前にやるべきことがあるだろう」

「え？　ええと……証明書は渡しましたよね？」

うっかり渡し損ねたかも……と思うが、証明書の控えは確かに手元にあった。きちんと彼に渡している。

はてと小首を傾げれば、彼が口を開いた。

「下着だ。穿いているのか？」

「……っ！」

飴に夢中になっているうちにすっかり忘れていたとサニアは息を呑む。どうやら、彼のほうはしっかり覚えていたようだ。

「は、穿いてます。ありがとうございます！　新しい下着は、とても心地がいいです」

「では、見せてみろ」

「ほ、本当に確かめるつもりですか？　ちゃんと穿いてます！」

「君は自分のことになると我慢しすぎるきらいがある。悪いがこの目で見ないことには信用できない」

確かに、サニアは自分のことだけはいつも後回しにしてきた。その点において信用を得るのは難しいだろう。大丈夫だ、平気だと言ってきた言葉のぶんだけ説得力を失っている。

「今日の昼食だって我慢したんだろう？　子供たちに与えるのは結構だ。だが、なぜ他のマザーと分けあうことをしなかったのか？　どうして自分だけ我慢した」

「だって、わざわざ一食ぶんだけ分けてもらうのも気が引けてしまって。どうせ夜には食べられるし、一食抜くくらい平気だと思いました」

「ほら、そういうところだ。さっそく自分をおざなりにしている。信用できないな。この目で確かめさせてくれ」

「うっ……」

サニアはなにも言い返せなくなる。

先週、下着どころかその下まで彼に見られてしまった。今更ためらう必要もないかもしれないが、それでも恥ずかしい。

(でも、見せなければクローヴァスさんは納得しないわ)

言葉だけでは信用してもらえそうになかった。かといって、拒否し続ければ余計に疑わしく思うだろう。

そうなれば、孤児院への寄付金を減らされるかもしれない。最悪、二度と彼が来なくなる可能性だってある。

(以前も寄付をしてくれた人がいたけれど……)

サニアは、かつて頻繁に寄付をしてくれた老婦人のことを思い出した。よく来てくれる人なので、親しくなったと勘違いして調子に乗った子供たちが「お顔がしわしわだね」と言ってしまい、怒らせてしまったのだ。

子供たちを厳しく注意し、年配のマザーと共に何度も謝罪に行った。それに対して老婦人は「子供の言うことだから仕方ないわね」と言ってくれたが、彼女が再び孤児院に来ることはなかった。

寄付は義務ではなく善意のものである。気分次第でいつでもやめられる。

孤児院の運営がクローヴァスからの寄付金頼りとなっている今、サニアの我《わ》が儘《まま》で彼の機嫌を損ねるわけにはいかなかった。子供たちのためにも自分が我慢するしかない。

「わ、わかりました……」

サニアはそう言うと、窓際の壁に背をつけた。ここなら、サニアが下着を見せる姿は外から見えない。

長いスカートをゆっくりと持ち上げる。

ほっそりとした太腿が露わになり、純白の下着が晒された。スカートをまくった風圧で細いリボンがひらりと揺れ、布を縁取る華やかなレースがさらけ出される。

「……っ」

サニアは羞恥に瞳をぎゅっと閉じる。

クローヴァスがいいと言うまで、サニアはスカートを持ち上げていた。

（まだ？　まだなの？）

早く終わってほしいのに、クローヴァスはなにも言わない。スカートを握る手が微かに震えると、クローヴァスが口を開いた。

「……確認した。きちんと穿いているようだな」

彼の言葉が聞こえた瞬間、サニアはほっとしてスカートを下ろす。

（よかった……）

ただ下着を見せるだけ。彼が変なことをするはずがないし、この痩《や》せた身体を見たところで欲情などしないだろう。

そう考えると少しだけ切なくなるけれど、サニアは気を取りなおして微笑む。

「では、子供たちが待ってますので」

「ああ、わかった。相手をしてやろう」

サニアがきちんと下着を穿いていたからか、彼は少し機嫌がよさそうだった。サニアはクローヴァスと一緒に子供たちのところに向かう。

——それで、終わりだと思っていた。

しかしその翌週、彼はまたもや下着を穿いているかどうか見せろと言ってきたのだ。

「ちゃんと穿いてます！　先週、見ましたよね？」

「先週だけかもしれないだろう？　十枚も渡したんだ。それを全部君が使用しているのか確かめる権利が俺にはある」

「ぜ、全部……？」

彼から贈られた下着はすべてサニアがもらった。他の誰にも渡していない。

しかし、全部を一気に使用しようとは思わなかった。十枚もあるのだ。何枚かは新品のまま取っておきたい。だからサニアは、洗って乾かして使い回せる三枚だけを愛用していた。

「全部を使ってしまうなんて勿体ないです」

「下着くらい、いくらでも贈ってやる。贈ったぶんは使え」

「そんな……」

下着が十枚もあるなんて贅沢すぎる。貴族の暮らしぶりは知らないが、そんなにたくさんの下着を持っているのだろうか？

戸惑ったけれど、彼のおかげでこの孤児院が成り立っているのが現状だ。

（クローヴァスさんは、自分が渡した品物が適切に使われているか知りたいだけ。深い意味なんてないだろうし、恥ずかしいからといって機嫌を損ねてしまうわけにはいかないわね……）

「わ、わかりました」

頬を染めながら、先週同様に窓際の壁に立って長いスカートをまくる。見せるのはともかく、自分の下着を確認する彼の顔はとてもではないが見られない。ぎゅっと目を瞑《つぶ》る。

「……」

「……」

「……？」

スカートをまくったまま、数秒が経過した。しかし、クローヴァスはなにも言わない。

（もしかして、ちゃんと見えてないのかしら？）

目を開けて確認するのは恥ずかしい。下着が見えていないのだろうと推測したサニアは、さらにスカートをまくり上げる。ひやりとした空気が臍《へそ》に触れた気がした。ここまでまくったのだから、今度は絶対に見えているはずだ。

「……確認した。先週のものとは違うようだな」

ようやく彼の声が耳に届いて、サニアはスカートを下ろした。偶然とはいえ、先週とは違う下着を穿いていてよかったと安堵する。

「あと八枚、確認する」

「そんな……！　でしたら、いついらっしゃるのか事前に教えてください」

最初の数枚は問題ないだろう。だが、クローヴァスの来訪は不定期なので、後半になれば被《かぶ》ってしまいそうな気がする。せめて事前にわかっていれば、その日に見せていない下着を穿くことができるだろう。

期待をこめて見上げれば、彼は微かに首を振る。

「残念ながら、部外者には俺がいつ休みなのかを事前に教えられない」

「あ……！　そうですよね、すみません」

騎士団長の休日など、確かに機密情報である。今のところ戦争が起こる兆しはないけれど、万が一の際に敵国は騎士団長が不在の日を狙うだろう。

クローヴァスは週に一度は孤児院に顔を出してくれるけれど、曜日はまちまちで規則性はなかった。今後も、彼の来訪がいつになるのかはわからない。

（部外者か……）

彼は国に貢献した騎士団長であり、自分は孤児院のマザー。気さくに接してくれるけれど、やはり住む世界が違うのだと思い知らされる。

サニアが悲しげに目を細めると、彼はコホンと咳払いをした。

「まあ、部外者には教えられないが、そうでないなら話は違う」

「え？」

「その……特別な関係だ。例えば、家族——」

「ああ！　砦で働けばわかるってことですか？」

騎士団長にとって部外者でない人物というのは、同じ職場にいる者のことだろう。彼はなにかを言いかけていたが、サニアは気付かずに言葉を被せてしまう。

「もしかして、洗濯係とか人手が足りていないのでしょうか？　……申し訳ございませんが、孤児院の仕事でいっぱいいっぱいなんです。こんなにお世話になっているのに、なにもできなくてすみません」

砦には数多《あまた》の騎士がいる。独身の騎士も多く、砦に併設されている独身寮では洗濯係や掃除係など女性がたくさん働いていた。

もしかしたら、誰かが辞めてしまったばかりなのかもしれない。サニアも手伝いたいのは山々だが、その時間が捻出できそうになかった。

（こんなにお世話になってるのに、なにもできないなんて）

しゅんと肩を下げると、クローヴァスが慌てた様子で声をかけてくる。

「い、いや。大丈夫だ。人手は間に合っている。……はぁ。俺としたことが、なにかのついでに言うことではないよな……」

彼は口元に手を当てながら、ぶつぶつと呟いていた。低い声は聞き取りづらく、なんと言っているのかわからない。だが、機嫌は悪くなさそうだ。

「とりあえず、子供たちに会ってくるか」

「は、はい。ありがとうございます。子供たちも喜びます」

サニアはクローヴァスと一緒に子供たちの元へと向かう。


——そんなこんなで、サニアがクローヴァスに五枚目の下着を見せた頃に事件は起こった。

十枚ともデザインは違うものの、似たり寄ったりな下着である。しかし、彼は区別できているようだ。最近下着を見る時間を長く感じるのも、しっかりと記憶しているからなのかもしれない。

子供たちと洗濯物をたたみながら、はたして十枚目まで被ることなく順調にいけるだろうか……と考えていると、バタバタと廊下を走る音が耳に届く。

「こら。危ないから、廊下は走っちゃ……」

「サニア！　領主が来た！」

「……っ！」

先程まで和気あいあいとしていた空間がひりつく。子供たちはみな一様に顔をしかめていた。

「わかったわ。女の子たちは部屋に戻って。声をかけるまで、絶対に出てきちゃ駄目よ」

洗濯物を手伝ってくれていた女の子たちに指示を出す。

領主は無類の女好きとして有名だ。そして孤児院での最年長となる十六歳の娘たちは、大人の女性らしい身体つきになっている。さすがに稚児《ちご》趣味はないと思うが、なにかあってからでは遅い。領主が来る際には部屋に戻らせることにしていた。

指示を出したあと、急いで玄関へと向かう。

「お待たせしました、領主様。おいでくださり、ありがとうございます」

領主の前に出ると、サニアは深々と頭を下げた。

「遅い！　ワシは忙しいんだ！」

唾を飛ばしながら領主が怒鳴る。それほど待たせていないはずだが、サニアは「申し訳ございませんでした」と素直に謝罪した。

五十代半ばにして、領主の頭に毛はなくつるつるだ。クローヴァスほどではないが、背が高く威圧感がある。腹はでっぷりと出ており、顔は脂ぎっていた。指にはこれみよがしに高そうな指輪をたくさんはめている。

「今日はいつもの視察でしょうか？」

国が建てた孤児院は各地の領主が管轄することになっていた。管轄といっても運営費を出し、たまに視察と称して施設を適当に見て国に報告書を出すだけらしい。

――もっとも、この孤児院は領主からの資金提供ではなく、クローヴァスの寄付金のおかげで成り立っているのが現状なのだが。

そろそろ定期視察の時期だったと思い、案内しようとする。しかし領主は眉間に皺を寄せた。

「いや……。少しこみ入った話がある。子供のいない場所に通せ」

「こみ入った話ですか？　それでは、マザー長を呼んできますね」

「いや、お前に話がある」

「え？　私に……ですか？」

こみ入った話というだけでも嫌な予感がするのに、それを孤児院の代表であるマザー長ではなくサニアにする意味はなんだろうか？　ひやりと、冷たいものが背筋を駆け抜けていく。

本音を言えば逃げ出したいくらいだが、サニアはそれを表情に出さずに、にこやかに領主を応接室へと通した。

年嵩の男の子たちは、応接室から見える場所の庭で木刀を持ち素振りを始める。子供たちの姿は窓からよく見えるし、外からもサニアたちの上半身が見えるだろう。おかしな動きがあれば、すぐに来てくれるはずだ。

面倒を見ていた子供たちが、気を遣ってサニアを守るような動きをしてくれて嬉しくなると共に、彼らの成長を感じる。

ほんのり胸が温かくなったが、感動している場合ではなかった。領主の言う「こみ入った話」が気になる。しかもマザー長ではなくサニアに話があるなんて、一体何事だろうか？

応接室のソファでふんぞり返った領主が、サニアに粘ついた視線を向ける。ぶわっと鳥肌が立ったが、サニアは笑顔を張り付かせて大人しくしていた。

やがて、領主が口を開く。

「この孤児院がある土地だが……実は、この孤児院を取り壊して大きな牧場を造る計画が持ち上がっている」

「……え？　ここを、取り壊す？」

告げられた内容は、予想の何倍も酷いものだった。運営費をさらに減らすとか、そういう知らせかと考えていたが、まさか孤児院がなくなるとは。サニアは真っ青になる。

「どうしてそんな、いきなり……」

「戦争が終わり、豊かになったこの国で牛乳や肉、羊毛、毛皮などの需要が年々増えているのは、学のないお前にだってわかるだろう？　だが、牧場を造るには広い土地が必要となるし、音や匂いの問題があるからなかなか都市部には造れん。そこで、居住区から離れたこの土地に白羽の矢が立てられたわけだ」

「……っ」

領主の言う通り、戦争中に入手が難しかった品々の需要は年々増え続けていた。それに応えるためには大規模な牧場が必要だろう。

そして、この国境付近は膨大な土地がある。牧場を造るにはまさにうってつけだ。

「牧場を造るにしても、孤児院を壊す必要があるのですか？　土地はありますよね？」

「それが、牧場を造ろうとしている人が大の子供嫌いでな。昔、家畜を子供にいたずらされたらしい。牧場の側に孤児院があるのは絶対に許せないとのことだ。酷い話だと思うが、ここに牧場ができたらかなりの金を生むだろう。この地にとっては、孤児院よりもよっぽど有益だ」

領主がいやらしい笑みを浮かべる。金を吸い取る孤児院と、金を生み出す牧場とでは、後者に天秤《てんびん》が傾くだろう。

(子供たちが可哀想《かわいそう》だと情に訴えたところで、領主相手じゃどうにもならないわ。せめて、クローヴァスさんみたいに話が通じる人だったら……)

あの優しげな笑みを思い出すと、きゅっと胸がしめつけられる。

彼の顔を思い出すだけで勇気がもらえた。強い衝撃を受けたが、沈んでいる場合ではない。確かめなければならないことがある。

「子供たちはどうなるのですか？　まだ小さい子がたくさんいるのです」

自分の職や住居より、子供たちのことが心配だった。最年長の子たちなら頼みこめば近くで働かせてもらえるかもしれないが、小さい子たちはそうはいかないだろう。まさか、路頭に放り出すつもりだろうか？

「ああ……それについては、国内にある他の孤児院に移ってもらう。だが、どの孤児院もいっぱいでな、一気に受け入れるのは不可能だ。子供たちはそれぞれ別々の孤児院に移ってもらう」

「そうですか……」

一応、子供たちの行く末は考えてくれているらしい。少しだけほっとしたけれど、それでも子供たちがバラバラになってしまうのは不憫だった。

ただでさえ親を亡くしている子たちだ。慣れ親しんだこの孤児院から離れ、さらに兄弟のように育った仲間とも別れさせるなんて、あまりにも酷すぎる。

浮かない表情をしているサニアに、領主はうんうんと頷きながら告げた。

「そうだな、バラバラになってしまう子供たちが可哀想だな。ワシも気持ちはわかる。どうにかならんかと思ってなあ……。しかし、ここの領主はワシだ。ワシが許可を出さなければこの土地に牧場は造れん。さらに、他にも牧場向きの土地がある」

「そうなのですか？」

光明が見えた気がして、サニアがぱっと表情を輝かせる。

しかし、解決案があるなら最初からそう伝えてくれればいいだけの話だ。なぜ孤児院を壊すことを前提で領主が話を進めたのか?

その真意に気付かないサニアは、まるで目前に餌《えさ》を吊るされた動物のようだった。食いついたとばかりに、領主が口角を上げる。

「……っ」

彼の笑みにぞくりとした時は、もう遅かった。淀《よど》んだ悪意が鎌首をもたげてサニアを睨《にら》み、領主の思惑通りにことが進んでいく。

「ここでない場所に牧場を造るように、先方と話してやってもいい。だが、それにはワシもかなりの労力を使うからな。それに見合った報酬がないと、やってられんのだ」

「報酬? お金……ですか? ご存じの通り、この孤児院は裕福ではないので……」

「そんなことは知っている。金などいらん。……金以外に払えるものがあるだろう、若いお前にはな」

頭の天辺《てっぺん》からつま先まで、サニアの身体を舐め回すように領主が眺めてきた。

「ま、さか……」

サニアの声が震える。

「マザー長ではなく、お前に話を持ちかけた意味がわかるな? ……サニア、ワシの愛人になれ」

「愛人……」

全身が怖気《おぞけ》立つ。サニアは思わず両手で自身をかき抱いた。

奥方に出ていかれたようだが、正式に離縁はしていないと聞いたことがある。だから愛人になれと言っているのだ。

（いや……！）

脳内では領主を拒絶している。けれど、きゅっと唇を噛みしめて音にするのは堪《こら》えた。

「お前が愛人になってワシを楽しませてくれるのなら、牧場の件は特別に融通してやろう。そうすれば、子供たちも離ればなれになることなく、ここで仲よく暮らしていける」

「わ、私には領主様を楽しませることなんて難しいです。その、そういった知識に乏しいもので……。それに、マザーとして子供の面倒を見なければなりません。ですからどうか私にできることで、それ以外の方法はないのでしょうか？」

小刻みに身体が震える。けれど、必死の思いで交渉した。

「心配するな。手練《てだ》れの娼婦《しょうふ》もいいが、なにも知らん生娘に教えこむのも楽しい」

領主がひひっと品のない笑い声を上げる。

「それに、マザーを辞めろと言っているわけではない。ワシが呼んだ時に屋敷に来てもらうだけでいい。夜中は子供たちも寝静まって、大した仕事はないだろう？　マザー長には、お前にワシの仕事の一部を手伝ってもらうことになったと話してやる」

「……」

「いい話だと思うんだがなぁ……」

腕を組み、でっぷりとした腹を揺らしながら領主が呟いた。どくどくと、サニアの心臓がうるさいくらいに鳴っている。

(私が領主の愛人に？)

想像するだけで戦慄《せんりつ》が身体を駆け巡る。見た目も性格もいいとはいえないこの領主に自分の身体を捧《ささ》げるのは、生理的に無理だった。

(なにか、他に方法は……？)

必死になって考えるけれど、ただのマザーであるサニアに打開案など浮かぶはずもない。

「領主様、少し考える時間をいただけませんか？」

クローヴァスに相談すれば、なにかいい案をもらえるかもしれない。そう思ったけれど、領主は即座に否定した。

「駄目だ。牧場をここに造るにしても、別の場所に造るにしても、すぐにでも話を進めなければいかん。今この場で決めてもらうし、口約束は信用できん」

そう言って領主が書類を出してくる。サニアはそれを眺めた。

「契約書……？」

びっしりと、細かい文字で色々と書かれている。契約書特有の小難しい言い回しが多く、読むのは大変そうだ。ただ、この契約書が事前に用意されていたことはわかる。

サニアは契約書を手に取り、必死で理解しようとした。

領主の愛人となれば、領主は今後この地に牧場を造る許可を出さず、孤児院を取り壊さないよう最大限の便宜を図る——そんな内容が難しい言葉で書かれている。

（特におかしくはない、普通の契約書のようね……）

サニアは普段、契約書を目にする機会などない。そういったものはマザー長の仕事である。それでも、この契約書は「サニアが領主の愛人となる」という条件以外、おかしなことは書かれていなかった。

「フン。どこかの詐欺のような落とし穴のある契約書でないことは、お前でも見ればわかるだろう。正当な契約書だ」

必死になって契約書を読みこむサニアに領主が声をかけてくる。

「契約書は絶対だ。お前がその約束を守るのならば、牧場の件はなんとかしてやろう。だがな……」

「えっ」

領主はサニアが読んでいた契約書を取り上げる。

「ワシも忙しい。子供たちが可哀想だと思ってわざわざ時間を取ってここまで来てやったが、お前にそのつもりがないならもう帰らせてもらう。牧場の件も早々に動かねばならんからな」

立ち上がろうとした領主をサニアは引き留めた。

「ま、待ってください！」

「ん？」

「そ、その……」

領主は契約書を手にしたまま、にやにやとサニアを見ている。

（すぐに……今すぐに決断しないと、領主様が帰ってしまうわ。愛人になるのなんて絶対に嫌。気持ち悪い。でも……）

サニアは窓の外をちらりと見た。男の子たちが木刀で素振りをしている。このままクローヴァスに教えを請い練習を続ければ、近い将来、彼らは皆の騎士団に入れてもらえるだろう。そうなれば将来は安泰だ。騎士団員用の宿舎もあるし、孤児院を出た日から住む場所に困らずに済む。

しかし、別の孤児院に行ったならばそうとは限らない。豊かな街の孤児院ならいいが、そうでない場合、真っ当な職に就けない可能性だってある。孤児院を出た子が働き先がなく、盗賊団に加入して捕まり処罰される――そんな話も珍しくなかった。

また、酷い孤児院では綺麗な子供を金持ち相手に売ったりするらしい。

子供たちが離ればなれになるのも可哀想だが、それ以上に彼らの行く末が心配だった。何人かは必ず評判の悪い孤児院に当たってしまうだろう。

(我が儘言っている場合じゃない。私が我慢すれば、すべて丸く収まるんだわ)

サニアはぐっと拳を握りしめる。

「わかりました。契約します」

声は震えてしまったけれど、心は固まった。自分一人が我慢して済む問題ならばサニアの選択肢は一つである。

「賢明な判断だ」

領主は再びサニアに契約書を差し出してきた。サインしようとしてサニアは筆を止める。

「領主様。期間のことですが、どうか収穫祭が終わるまで待っていただけないでしょうか？」

来月、この砦街の収穫祭がある。

砦街は煙草《たばこ》の葉が有名で大きな農園があった。嗜好品《しこうひん》である煙草は富裕層に高値で取り引きされ、街の大きな収入源となっている。収穫した煙草の葉の乾燥が終わり、出荷する時期に祭りをするのだ。正確にいえば出荷祭なのだが、秋の祭りなので収穫祭と呼ばれていた。出店が並び、遠方からも観光客が来て街はとても賑《にぎ》やかになる。

サニアの孤児院も出店を開く予定だった。マザーと子供たちで作った刺繍や木工細工などを売るのだ。祭りの雰囲気に人々の財布の紐もゆるむので、少々出来が悪くても飛ぶように売れる。

収穫祭は孤児院にとっても大切な行事だった。

「収穫祭……そうだな。食い扶持《くぶち》くらい自分たちで稼いでもらわねばならん。ワシも忙しいし、契約開始の日付については了解した」

領主は納得したように頷く。サニアたちも忙しいが、領主だって収穫祭に向けての仕事がたくさんあるのだ。愛人にかまけている暇などない。

領主は日付に関する項目を書き加え、サニアにサインをさせた。一部をサニア、もう一部を領主が持つ。

「これでいいだろう。収穫祭が終わったら、さっそく仕事をしてもらうからな。ワシの呼び出しには必ず応えるように」

「は、はい……わかりました」

「では、帰るとするか」

領主は立ち上がり満足そうに歩いていく。サニアは玄関までついていき、見送りの際に深々と頭を下げた。

「子供たちのことを気にかけていただき、ありがとうございます。……どうか、今後もこの孤児院をよろしくお願いします」

「もちろんだ。契約したからな」

領主ははっきりと言い切った。女好きのどうしようもない男だが、契約したことについては信頼できるだろう。

領主が立ち去った後、サニアは膝の力が抜けてへなへなと床に座りこんでしまう。

「サニア！　大丈夫？」

「領主の奴《やつ》、なんだったの？」

応接室の近くで素振りをしていた男の子たちがわらわらと集まってきた。会話は聞こえていないだろうが、サニアの様子が普通ではないことはわかったらしい。心配そうに声をかけてくる。

「大丈夫よ。……難しい話をして疲れてしまったの。無事に解決したから、あなたたちが心配することではないわ」

子供たちに気を遣わせないようにサニアは笑う。ひきつった笑みに、子供たちは顔を見合わせた。

「そうなの？」

「本当……？」

彼らの声色には不安が滲んでいる。

（いけない。私の様子がおかしかったら、子供たちに心配させてしまうわ）

サニアは元気よく立ち上がった。

「大丈夫よ、大丈夫！　さあ、みんなやることをやりましょう！　来月は収穫祭があるから、その準備もしないとね！」

平気ではないけれど、自分に言い聞かせるように大丈夫だと大声で告げる。

（愛人になるのは収穫祭が終わってからだし、まだ先よ。まずは収穫祭に向けて頑張らないと）

サニアは最悪な確定事項から逃避するように、日々の仕事に集中した。

収穫祭間際の時期はとても忙しい。

子供たちにとって、出店はお店屋さんごっこの延長のようで準備を楽しんでいる。売れそうな品を作り、出来がいいものには高値をつけようと幼いながら色々考えている姿はとても微笑ましい。

サニアは年嵩の女の子たちと刺繍を頑張った。針を使っている時は小さい子を部屋に入れられないので、年配のマザーに世話を任せる。

なにかをしていないと領主のことを考えてしまうので、サニアは一日の仕事が終わって部屋に戻ったあとも遅くまで針仕事を続ける。おかげで、例年よりも店に出せる品物の量が明らかに多い。

しかし、収穫祭が近づくにつれ食欲が落ちていった。食べたいという気持ちが細り、なにを口にしても美味しいと思えなくなってしまう。

(いっそ愛人としての夜を経験してしまえば、こんなものかと思って平気になるのかしら)

する前は嫌だと思っていても、慣れればどうということもない。そんな経験、いくらでもある。

ならば、早くその日が来てしまえばいい。——否、やはり嫌だ。

そんな葛藤がサニアの中でせめぎあっている。

(領主様は強制しなかった。私が決めたことなのに、情けないわ)

愛人になれという条件は非道なものだと思う。それでも、無理強いされたわけではない。

領主はサニアに選択肢を与えてくれた。なにも言わずに、ここを牧場にすることを決めてもよかったのだ。子供たちの未来を思えば、機会をくれた領主に感謝すべきである。

そう頭ではわかっていても、心がついていかない。もともと細いサニアはさらに痩せてしまう。

顔色も悪くなり、子供たちにも心配される回数が増えた。いくら元気だ、大丈夫だと言っても、やつれた顔は誤魔化せない。

そして、子供たちが気付くのならば、鋭い観察眼を持つクローヴァスにも筒抜けだった。

ある日、いつものように寄付金を持って訪れた彼は、サニアを見て眉をひそめた。

「収穫祭の前が忙しいとはわかっている。去年も疲れた顔をしていたが、今年は異常だ。まさか、体調を崩しているのか？」

二人きりの応接室で、彼が大きな手をサニアの額に当てる。その温もりがじんとサニアの心に沁み、余計に悲しくなった。近いうちに、この身体に領主が触れるのだと思うと胸が痛む。

「熱はないようだが……」

「……ありがとうございます、大丈夫です」

少しこけてしまった顔でサニアは微笑む。しかし、クローヴァスの表情は険しいままだ。

「君がろくに食べていないと子供たちが言っていた」

「い、いいえ。そんなことはありません」

「嘘《うそ》をつくな。見ればわかる」

彼は大きな溜め息をつく。

「三日後の夜、時間はあるか？」

「え？」

「夕方迎えに来るから、俺の屋敷に来い。一晩、賓客としてもてなそう。実は、他のマザーと子供たちから君を頼まれた。最近、サニアの様子がおかしいとな。病気ではなさそうだから美味しいものを食べて、ふかふかのベッドで眠れば元気になるのではないか、と」

「え？　……ええっ？」

サニアは驚いて大きな声を上げてしまった。久々に声を張り上げた気がする。

「そ、そんな、恐れ多いです！　お気持ちだけありがたく受け取っておきます」

「駄目だ。マザー長にも言われている。一晩だけでも、仕事や収穫祭のことは忘れてゆっくりしてくれ。みんな君を案じているんだ」

どうやら、サニアは他のマザーや子供たちをかなり心配させてしまったらしい。とことん自分が情けなくなる。

「騎士団長様のお屋敷に泊まるなんて、いくらなんでも厚かましいです。それに、私なんかよりも、子供たちに美味しいものを食べさせてあげたいです」

「君ならそう言うと思った。サニアが屋敷に来る日はここに料理人を手配しよう。子供たちも、きちんとごちそうにありつけるぞ」

「……！　それ、いくらかかるんですか……？」

ただでさえ彼には毎週寄付金をもらっているのだ。その上、孤児院に料理人を手配してもらうなど、人件費や材料代はどれほどかかるのだろう？　サニアは素直に喜べない。

「俺をなんだと思っているんだ。国境を守る騎士団長だぞ？　そのくらいの金は大したことはない」

「そうなのですか……？」

サニアには彼の給料など予想もつかない。

だが、戦争で功績を挙げた彼は報奨金ももらっているだろう。それに、金を使うような趣味もなさそうだ。なにせ、休みのたびにこの孤児院に顔を出しているのである。

（あら……？）

――そう、クローヴァスは休みの日はこの孤児院で過ごすことが多い。当たり前のように彼の好意に甘えていたが、お金だけでなく、貴重な時間も費やしてもらっていたのだ。

いくらなんでも甘えすぎだと反省する。

顔色を変えながら黙りこんだサニアの頭に、彼はぽんと手を置いた。

「なにを考えているかわからないが、気にするな。俺が好きでやっていることだ」

「でも……」

「前にも言ったが、君には自分を大切にしてほしい。あまり我慢するな。……マザーたちだって、子供たちだって、みんな君を心配している。自分を大切にすることが、周囲の者を大切にすることに繋がるんだ」

「……！」

クローヴァスの台詞《せりふ》にはっとして、サニアは目を瞠った。

（今まで、自分が我慢すればいいと思ってた。それですべてが解決するって、問題ないって。

でも……)

サニア一人が耐えるのが正解だと考えていた。だが、それは違うのだ。

わざわざクローヴァスにお願いするくらい、他のマザーも子供たちもサニアを心配していた。サニアがボロボロになってしまえば、かえって周囲を不安な気持ちにさせてしまう。

サニアが子供たちを大切に思っているように、子供たちもサニアを大切に思ってくれているのだ。

今まで愛を与えるだけで、見返りを求めなかった。一方的な気持ちで満足していたのである。

だが、彼らからの気持ちを無視するのは、逆に失礼な気がした。サニアだって、明らかに様子のおかしい子に声をかけて「大丈夫だ」としか言われなかったら、悲しくなってしまう。

(同じなのね。みんなも、私のことを思ってくれてる)

目に膜が張り視界がゆがんだ。気付かなかった事実を思い知らされ、世界が反転したように感じる。

悲しいわけでも、嬉しいわけでもない。名前のつけられない感情が溢れて、はらはらと涙の滴が落ちていく。

サニアが泣きやむまで、クローヴァスはただじっと頭を撫でてくれた。その優しい手つきに胸が熱くなる。

「ありがとうございます、クローヴァスさん。……三日後、お言葉に甘えます」

「ああ、それでいい」

涙で彼の顔がよく見えないけれど、笑っている気がした。

すっと胸が軽くなり、サニアは思う。

(こんなに思われてるなら……みんなのために、領主様との契約も頑張れそうだわ)

第三章　二人で過ごす初めての夜

収穫祭の準備に追われるうちに、あっという間にクローヴァスとの約束の日が訪れた。

昼下がりになると、身なりのいい料理人たちがぞろぞろとやってきて、大量の食材が運びこまれる。子供たちは見たことのない野菜や果物がカゴに入っているのを見つけて、嬉しそうにはしゃいでいた。サニアの知らない野菜まである。おそらく高級な食材なのだろう。

収穫祭や新年を迎えた日には、お祝いとして少しだけいい食事が出る。

とはいえ、いつも食べているのは粗末なものだ。パンとスープ、そして主食、そのすべてがごちそうだったことはない。具だくさんのスープが出る時は主食はないし、お肉がある時のパンは硬かった。

だが、今日だけは特別だ。卓上に並ぶものすべてが、今まで食べたことのないごちそうになるだろう。

そわそわして何度も台所を覗き見する子供たちを見ると、サニアの胸が温かくなる。

すべてはクローヴァスのおかげだ。

もし自分だけが彼の屋敷に招かれ、ごちそうにあずかるのならば、子供たちに気兼ねしてしまっただろう。

しかし、今日は子供たちにとって素敵な一日になるだろうことは安易に予想できた。夕食を楽しみにしている子供たちと同じように、サニアの心も浮き立つ。

戦争で功績を立てた彼は、砦から少し離れた高台に大きな屋敷を建ててもらったらしい。クローヴァスの屋敷を訪れたことは一度もないけれど、領主の屋敷より立派だという噂を聞いたことがある。

彼が暮らしている屋敷に行くのは楽しみだ。

ここ最近は領主と結んだ契約が憂鬱で、楽しみなことなど全然なかった。しかし、ようやく気持ちが上向きになれたのである。

鬱々と暗く過ごしても、明るく笑顔で過ごしても、同じように一日は過ぎていくし、契約を果たす日は必ず訪れる。ならば、明るく過ごすほうが建設的だ。

痩せた身体はすぐに元には戻らなかったが、それでも顔色は大分よくなったように思える。子供たちの世話と収穫祭の準備をしながら、今日ばかりは念入りに髪に櫛《くし》を通して身なりを整えた。

——そして、夕方になる。

キッチンからそれはもう美味しそうな匂いが漂ってきて、いつもはすました顔をしている年嵩の女の子たちですら腹の音を鳴らしていた。年配のマザーたちもそわそわと嬉しそうである。

「サニアー！　クローヴァスさんが来たよー！」

「……！　ありがとう！」

子供がサニアを呼びに来た。サニアは荷物を持ち玄関へと急ぐ。マザー長はすでに玄関にいて、クローヴァスに感謝を伝えていた。

マザー長は高齢だ。杖《つえ》がなければ歩けない。ごちそうといっても、そんなには食べられないだろう。それでも、子供たちの明るい顔を見るだけで彼女は嬉しそうだった。

「クローヴァスさん。ありがとうございます。子供たちも、とっても喜んでいます」

マザー長の隣で、サニアも深々と頭を下げる。

「ああ、そのようだな。俺も嬉しい」

子供たちの声がわいわいと響いてくる。クローヴァスは優しげに目尻を下げた。その表情に、サニアの胸が高鳴る。

騎士団長らしい凛々《りり》しい顔も好きだが、ふとした瞬間に見せる柔らかな表情がとても好きだった。

「では、マザー長。サニアを借りていきます」

「ええ。サニアをよろしく頼むわね」

しわがれた声でマザー長が言う。

「それでは、行って参ります。今日は留守にしてしまいますが、よろしくお願いいたします」

「ええ、任せなさい。あなたはいつも子供たちや、わたしたちのことばかりを優先するから、今日はクローヴァス様に甘えてゆっくり過ごしなさいね」

マザー長はサニアを温かく送り出してくれた。

孤児院の外には、一頭の黒い馬が繋げられている。おそらく彼の馬だろう。クローヴァスはいつも徒歩で来るので、サニアは彼の馬を初めて見る。

「う、うわ……。すごいですね。とっても大きいです」

馬を見たことくらいある。しかし、クローヴァスの馬は軍馬だ。身体の大きさも足の太さも違うし、なにより覇気がある。怖《お》じ気《け》づいてしまい、サニアは足を止めてしまった。

「怖がらなくても大丈夫だ、サニア。こいつは頭がいい」

「あ……」

サニアが馬に怯《おび》えていることに気付いた彼は、優しく手を引いてくれる。騎乗するからか、彼は白手袋をつけていた。薄い布越しに彼の温もりを感じる。

手を引かれて近づいてみると、馬はとても大人しかった。サニアを威嚇することもない。

「馬に乗るのは初めてか？」

「はい」

クローヴァスはサニアをひょいと抱き上げ、馬に乗せてくれる。ぐんと目線が高くなり、見慣れた景色がいつもと違う広がりかたをした。頬を撫でる風も少しだけ違う気がする。

「うわ……」

初めての乗馬にサニアは瞳を輝かせた。いつもより高い視界の世界を見渡していると、後ろにクローヴァスが乗ってくる。

彼はサニアを囲うように手を伸ばし、手綱を握った。彼の厚い胸板が背中に密着する。

（……！　まるで、後ろから抱きしめられているみたい）

高い景色に喜んでいたのも束《つか》の間《ま》、サニアはどきどきしてしまった。

「では、出発する。ゆっくり行くから安心してくれ」

「は、はい」

クローヴァスが手綱を引くと馬が歩き出す。

彼は馬を走らせることはなかった。ゆっくりとした速度なので、乗馬が初めてのサニアでも恐怖を感じることはない。自分で足を進めなくても、景色が変わっていく様子に感動してしまった。視界が上下するのは新鮮である。

「寒くないか？」

馬が動くと意外と音がする。風の音も強いし、馬上で普通に会話するには声を張り上げる必要があった。それを見越してか、彼はわざわざサニアの耳元に唇を寄せて訊ねてくる。

彼の唇から零れた吐息がサニアの耳をくすぐった。ぴくりと、微かに肩が上がる。

「だ、大丈夫です」

「そうか。最近は日が落ちると冷えるようになってきたからな。寒かったら言ってくれ」

寒いどころか、彼に密着した背中をとても熱く感じていた。指先まで熱を持っている気がする。

落ち着かなくて、早く屋敷についてほしいという気持ちと、ずっとこのままでいたいという気持ちが入り交じった。そんなサニアの気持ちをくみ取ったかのように、馬はゆっくりと、しかし確実に彼の屋敷へと進んでいく。

彼の屋敷に着く頃にはすでに日が落ちていた。クローヴァスの屋敷は門構えも立派で大きい。

騎士団長という立場になれば、立派な屋敷に住める——そんな印象を与える建物だった。

国は戦争で活躍したクローヴァスに感謝の意もあっただろうが、それだけではなく、周囲の騎士を鼓舞するために立派な屋敷を建てたのだろう。こういう屋敷に住みたいと思い、国に貢献する若者が増えれば国もありがたい。

クローヴァスに先導され、サニアは門の中に足を踏み入れた。庭だけでも孤児院が何個入るだろうと考えてしまう。

屋敷の中はたくさんの照明があり、真昼かと思うくらいに明るかった。薄暗い孤児院を思い出し、彼とは住む世界が違うのだと思い知らされる。

(……どうせ、クローヴァスさんと結ばれることはないもの。領主様との契約前に、いい思い出を残せるだけでも幸せだわ)

ちくりと胸の奥が痛んだけれど、この時間を得られただけでも幸せだと自分に言い聞かせた。サニアはメイドに案内され、まず客室へと通される。

「わ……！」

用意された部屋を見て、サニアは思わず声を上げてしまった。その部屋は広く、一人で過ごすためのものとは思えない。ベッドだって、子供なら何人寝られるだろうか？

夜なのでカーテンは閉じられていたが、その布だけでも高級品だということがわかる。サニアの服より高そうだ。

サニアは持ってきた荷物を開けるとハンカチを取り出す。

それは、クローヴァスを思って刺繍したものだった。ここ最近、現実逃避のために収穫祭用の刺繍を大量に作り上げていたので、個人的な刺繍をする時間の余裕があったのである。

男性の持ち物に花を縫うのはためらわれるし、名前だけというのも味気ない気がして、サニアはハヤブサを刺繍した。

彼に膝の手当てをしてもらった時に聞いた話がとても印象的だったのだ。ハヤブサを見る彼の生き生きとした青い目が忘れられない。

狩りが楽しかっただけで、別にハヤブサが好きなわけではないだろうが、なんとなく刺繍をしてしまった。飛行時の尖《とが》ったような翼の形が格好いいと思うし、上手にできたと思う。

クローヴァスを思って一生懸命に刺したものだが、立派なカーテンを目にすると、とてもみすぼらしく思えた。

(今日のお礼に用意したのだけれど、こんなもので喜んでくれるかしら?)

サニアは不安になる。

じっとハンカチを見つめているとノックの音がした。食事の用意ができたので、メイドが迎えに来てくれたらしい。

サニアはメイドと共に食堂へと向かった。

食堂もまた豪華である。大勢をもてなせるよう、テーブルも大きい。真っ白で皺一つないテーブルクロスがかけられている。クローヴァスはすでに席についていた。

メイドに促され、サニアも腰を下ろす。大きなテーブルは落ち着かない。

クローヴァスは機嫌がよさそうに見えた。

「いつも一人で食べているから、こうして君が来てくれて嬉しいよ」

声を弾ませながらにこりと笑う。

「孤児院は賑やかなので、ここまで静かなのは少し落ち着かないです」

「ああ、気を楽にしてくれ。緊張しなくていい。どうせ、俺しかいないのだから」

「は、はい」

そう言われても、この場に自分は不釣り合いのように思えて仕方ない。

「一日の終わりに静かな食事も悪くはないが、俺も賑やかなほうが好きだ。家族でもいたら違うんだが両親はすでに鬼籍だし、俺も独り身だからな」

「家族……」

確かに、ここに奥方と子供がいれば賑やかになるだろう。家族の笑顔を見れば一日の疲れも吹き飛びそうである。

「クローヴァスさんはご結婚なさらないのですか？」

「縁談は持ちこまれるが断っている。俺には心に決めた人がいるんだ」

「……！」

彼の言葉にサニアは息を呑んだ。

(心に決めた人……？　そんな女性がいらっしゃったのね)

彼はもう三十四歳だ。好いている女性くらいいるだろうし、恋人がいるのかもしれない。

頭の中で理解していても、胸がざらついた。

騎士団長のクローヴァスと、孤児出身のサニアでは住む世界が違う。前々からわかっていたことだし、今日だってこの屋敷を見て改めて痛感した。

そもそも、自分は近いうちに領主の愛人となる。サニアが彼と結ばれる未来はないだろう。それなのに、乗馬した時に感じた背中の熱が忘れられない。

彼を好きなだけで幸せだったし、結婚することになったら心から祝福しようと思っていた。しかし、上手に笑えそうになかった。

なんと言ったらいいかわからず黙りこんでしまうと、彼と視線が交わる。青い目がサニアをじっと見つめていた。

(いけない。黙ったままでは失礼だわ)

ぎこちない笑顔を張り付かせたまま、サニアは口を開く。

「そんな人がいたのですね。今日は私なんかがお邪魔してしまって、すみません」

本来ならば、サニアのいる席に彼の思い人が座るべきだ。申し訳なくて、ここから消えてしまいたいくらいである。

「いいや、君がここにいてくれて俺は嬉しい」

彼はにこりと微笑んでくれた。優しい人だと知っているけれど、だからこそ余計に辛くなる。

(気を遣わせてしまったわね)

トゲが刺さったように胸がちくりと痛んだ。

「さあ、とりあえず食事を楽しもう」

「……は、はい、そうですね」

サニアはできるだけ明るく返事をする。

食事に招かれたのだ。孤児院のみんなと彼のおかげでこの場にいられるというのに、浮かない顔をしているなんて失礼である。

サニアは彼との食事に集中することにする。出された料理は今まで口にしたことがないくらい美味しくて、自然と笑みが零れてしまった。


食事が終わってから出された食後酒にサニアは目を丸くした。食後酒という文化は知っているが、子供ばかりの孤児院では馴染《なじ》みがないものだ。

「これが食後酒なのですね……！」

グラスに注がれた蜂蜜色の液体を見て気分が昂揚《こうよう》する。縁遠いと思っていたものを経験できるのだ。たかが酒といえど、特別なものに感じる。

「孤児院では酒など飲まないだろう？　君でも飲みやすいものを用意した。飲んでくれ」

「はい、ありがとうございます」

サニアはグラスを口元に近づける。それだけで葡萄《ぶどう》の芳醇《ほうじゅん》な香りがつんと鼻を打った。飲んでいないのに、匂いだけで酔ってしまいそうになる。

口に含んでみると予想外の甘さが舌に広がった。ほどよい酸味もあり、さっぱりしている。

「美味しいです……！　こんなに甘いワインは初めてです」

普段は酒を飲まないが、収穫祭などで振る舞われて口にすることがある。それほど美味しいとは思えず、酒などわざわざ飲むほどのものではないと考えていたけれど、サニアの価値観が一変した。

（まさか、こんなに美味しいお酒が存在するなんて……！）

サニアがきらきらと瞳を輝かせる様子に、クローヴァスが満足そうに微笑む。

「それはアイスワインだ。わざわざ取り寄せた甲斐《かい》があった」

「アイスワイン……？」

聞いたことがない名前に、サニアは小首を傾げる。

「凍った葡萄から作るワインだ。寒い土地でしか造れないから貴重なものだな。俺もまだ数回しか飲んだことがない」

そう言って彼もワインを口にした。しかし、サニアは二口目を飲めずにいる。

「そ、そんな貴重なものをいただいてしまって、よろしいのでしょうか？」

この国の冬はそこまで寒くはない。サニアはアイスワインの存在を知らなかったし、おそらく他国の品だろう。とてつもなく高価なものに違いない。グラスを持つ手が震えてしまう。

（お酒は、高いものはすごい値段がするって聞いたことがあるわ）

恐れ多くて動きが止まってしまうと、クローヴァスが立ち上がる。サニアの後ろに回った彼は、震える手を大きな掌で包みこんだ。

「クローヴァスさん？」

「飲み慣れていない女性の食後酒にぴったりだと聞き、取り寄せた品だ。どうか、飲んでくれ。手が震えるなら、こうして支えてあげよう」

彼の大きな手は、サニアの小さな手をすっぽりと包んでいる。剣を扱うクローヴァスの手の皮は厚く、微かにざらついていた。その生々しい感触に胸の鼓動が速まる。

「は、離してください。落ち着きません」

「そうは言っても、君のかわいい手はまだ震えている」

クローヴァスはサニアの手をきゅっと強く握った。

確かに震えているけれど、彼に触れられている限り収まりそうにない。

「ほら、もう一口飲んでごらん」

「あ……」

クローヴァスがゆっくりとグラスを持ち上げる。サニアは角度を微調整して口をつけた。

甘酸っぱい液体が喉を通り抜けていく。身体が火照ってしまうのはアルコールのせいだけではないだろう。

「美味しいか？」

「はい、美味しいです……」

耳元で囁《ささや》かれる声まで甘く感じる。

結局、クローヴァスはグラスが空になるまでサニアの手を握り続けた。飲み終わったサニアの顔は赤く、頭の芯がぼうっとしてしまう。

ようやく自分の席に戻ったクローヴァスが声をかけてきた。

「おかわりはいるか？」

「い、いいえ！　もう十分です！」

サニアはぶんぶんと首を振る。すると、一気に酔いが回った気がした。なんだかくらくらする。

「すぐ部屋に戻るのはやめたほうがいいな。少し、休んでいくといい」

「すみません……」

普段酒は飲まないけれど、サニアは弱いほうではなかった。ここまで酔いが回ったのは、絶対に彼のせいである。

ふわふわとした気分のまま彼を見つめると、嬉しそうに目尻を下げる。優しげな眼差しがサニアを捕らえていた。

「こんなによくしていただいて、私にはなにも返せるものがありません……」

酔っていたサニアは思いをぽつりと口にしてしまう。

「別に見返りが欲しくてやっているわけではない」

クローヴァスはさらりと言ってのけた。孤児院に寄付をするような人だし、謝礼など求めていないだろう。わかっていても気が引けてしまう。

「実は今日のお礼にとハンカチに刺繡をしたのですが、布も糸も一級品ではありませんし、とても渡せるような品物ではなくて……」

カーテンにすら見劣りする粗末なハンカチを思い出し、サニアは瞳を伏せる。

しかし、彼は身を乗り出した。

「ハンカチを？　俺のために？」

「はい」

「俺を思って刺繡してくれたのか……！　それはぜひ欲しい。今日は持ってきていないのか？」

優しい彼は、子供たちの落書きも笑顔で受け取る。それと同じ感覚でサニアのみすぼらしいハンカチも受け取ってくれるつもりなのだろう。

「持ってきています。でも、クローヴァスさんには不釣り合いかと……」

「そんなことはない！　ぜひ、俺にくれ！」

彼には不釣り合いな品だ。しかし、刺繡は上手にできたと思う。酔っていて思考力が低下していたサニアは、彼の勢いに押されて頷いた。

「わかりました。部屋に置いてありますので、あとで渡します」

「いや。俺が取りに行くから、君は先に戻って部屋で待っていてくれ」

「はい」

わざわざ取りに来てもらうのも悪い。普段ならそう考えるのに、酔ったサニアは大人しく従ってしまう。

後悔したのは部屋に戻ってからだった。飲酒から時間が経《た》ち、徐々に頭が冷めてくる。

（なんてことを……）

ハヤブサが刺繍されたハンカチを握りしめながら、サニアは溜め息をついた。どうしてハンカチのことを口にしてしまったのだろうと自問自答する。

今まで、酒に酔って自分を制御できなくなる人間をたくさん見てきた。孤児院には酒が原因で親を亡くした子供だっている。酒で身を滅ぼすなど愚かだと思っていたが、身をもって酒の怖さを思い知った。

（どうしようかしら。やっぱり、私から持っていくのが筋よね。……いいえ、メイドさんに渡してもらうほうがいいかも）

ハンカチを握りしめたまま室内をうろうろしていると、力強いノックの音がする。

「サニア。俺だ」

「クローヴァスさん……！」

彼の来訪は予想より早かった。サニアは慌ててドアを開ける。

「部屋に入ってもいいか？」

「え？　……は、はい」

部屋の入り口でやりとりをすると思っていたサニアは、驚きながらも彼を部屋に入れた。

クローヴァスは扉を閉める。カチャリと鍵がかけられる音が聞こえた気がしたけれど、酔ったせいで幻聴が聞こえたのだろうと考えた。

「これなんですけど……」

サニアはさっそくハンカチを差し出す。

布と糸は粗末なものだが多くの色を使ったし、時間をかけて縫い上げている。今まで自分が刺繍をしてきた中でも一番の出来と言えた。

ハンカチを受け取ったクローヴァスは双眸を細める。

「ハヤブサの刺繍だな。以前、俺がした狩りの話を覚えていてくれたのか？」

「はい。話をしているクローヴァスさんがとても楽しそうだったので刺してみました」

「繊細で美しい刺繍だ。とても素晴らしい！　最高のハンカチだ！」

嬉しいを通り越して、恥ずかしくなるくらい彼は褒めてくれる。

「あ、ありがとうございます」

「そうか、俺を思いながらこれを刺してくれたのか」

クローヴァスは両手で大切そうにハンカチを握りしめた。

「ありがとう、サニア。一生大切にする」

「一生って……。そんなこと言わないでください。クローヴァスさんの将来のお嫁さんが気を悪くしてしまいますよ。普段使いして、汚れたら捨ててください」

サニアは彼を窘めた。自分で言った言葉なのにサニア自身も傷ついてしまう。

しかし、彼は首を横に振った。

「そんなことはない。……サニア、君に話がある。大切な話だ」

大切な話と聞いてサニアの脳裏を領主がよぎる。

（まさか、牧場の話を聞いたのかしら？）

あの土地を牧場にするという噂を聞いたのかもしれない。子供たちを大切にしている彼のことだから、孤児院がなくなると聞けば胸を痛めるだろう。

だが、領主との契約により牧場を造る計画は別の場所となった。それを彼に教えてあげなければならない。

「もしかして、孤児院の話ですか？」

彼がサニアにする大切な話なんて孤児院のことに違いない。そう思って訊ねてみれば、彼は小首を傾げた。

「孤児院？　いいや、違う」

「え？　それでは、なんでしょう」

「サニア」

クローヴァスはサニアの前で跪《ひざまず》いた。彼の頭が自分よりも下の位置に来て、サニアは目を瞠る。

「クローヴァスさん？　なにをしているんです？」

「サニア。君が好きだ。どうか、俺と結婚してくれ」

「……え？」

じっと、真っ青な瞳がサニアを見つめてきた。どこか熱っぽい眼差しだ。

（クローヴァスさんが、私を好き……？）

サニアは伝えられた言葉を理解できなかった。

「すみません、もう一度おっしゃっていただけますか？　まだ酔いが残っているみたいで、幻聴が聞こえたのです」

「幻聴ではない」

クローヴァスは立ち上がると、今度はサニアの耳元に唇を寄せる。そして、ゆっくりと囁いた。

「愛している、サニア。俺と結婚してほしい」

「……っ！」

酔いが覚めたのに、サニアの顔が再び真っ赤になった。

「え？　……え？」

しっかりと聞こえた。しかし、理解が追いつかない。

(愛している？　クローヴァスさんが、私を？　本当に？)

信じられないといった顔で彼を見れば、彼もまた意外そうな表情でサニアを見ていた。

「その様子では、俺の気持ちに微塵《みじん》も気付いていなかったのか。我ながら、わかりやすいと思っていたのだがな」

「だって、クローヴァスさんは騎士団長様です！　私は孤児院のマザーですし、つり合うはずがありません」

「俺だって名家の出自というわけではない。戦争で活躍したから騎士団長になれただけで、生まれはただの平民だ」

クローヴァスがサニアの手を握る。

「でも、信じられないです……」

「はっきり言おう。寄付金だって下心がないわけじゃない。子供たちのためを思ってしていることだが、君に会う口実でもあった。一気に寄付しないで、小分けにして毎週持ってきたのも盗み対策ではない。サニアに会いたかったんだ」

「ええっ？」

信じられないと、サニアは目をぱちくりさせた。

「君以外の人は……マザー長だって、子供たちだって俺の気持ちに気付いていたぞ。いつサニアに告白するつもりだと、からかってくる子もいたくらいだ」

「えええっ……」

クローヴァスが自分に好意を寄せているだなんて、考えたこともなかった。それなのに、周囲の人たちは知っていたのだと思うと、途端に恥ずかしくなってしまう。

「今、少々厄介な案件を抱えていて、それを片付けてから告白するつもりだったが……告白とは、こんなにも勇気がいるものなのだな。戦争よりも大変だ」

こんなに立派な体軀《たいく》をしていて、戦争でも大活躍した騎士団長が、そんなことを考えているとは驚きである。彼は見た目とは裏腹に、繊細なのかもしれない。

「それに、気がない女性に下着を見せろなどとは言わん。……というか、俺の人生であいうことを言ったのは君だけだ」

少し気まずそうにクローヴァスが呟いた。

「もしかして、私のことが好きだったから下着が見たかったんですか？」

「違う！　……いや、違わないか。下心があったことは確かだが、ああでもしなければ君は新しい下着を使わないだろう？　失礼な話だが、あの日君が穿いていた下着を見て、きちんとしたものを身につけてほしいと思った」

彼はサニアの下着を雑巾と称した。その時は失礼だと思ったが、新しい下着を身につけるようになった今、あれは雑巾と呼んでも過言ではなかったとサニアは納得している。

「さらに言うと、毎週下着を見ていれば、いつかサニアが『お嫁に行けません！　責任を取ってください！』と言ってきてくれるのではないかと期待していた」

「そんな期待をしていたのですか」

サニアは苦笑してしまう。確かに未婚の女性が、付き合ってもいない男性に毎週下着を見せるなど異常かもしれない。

とはいえ、下着を買い与えてくれた彼に感謝はすれど、責任を取れだなんて言うはずもなかった。下着を見せる経緯だって、過去の自分の振る舞いが信頼できないものだったからである。恥ずかしかったけれど、それを理由にクローヴァスに対してなにかを望むなんてサニアは考えもしなかった。

「それに、下着を見せるという特別な行為をするうちに、俺を意識するようになればいいとも考えた。俺は軍人だ。隙があればつけこむし、卑怯《ひきょう》な策も必要ならば使う」

下着を穿いているかどうか見る行為に、まさかそれだけの意図があったとは。サニアは絶句してしまう。

「自分よりも他の子供たちやマザーを優先する君を見るうちに、俺だけは君を一番に大切にしたいと思うようになった。しかし、ここ最近の元気のない君の姿に、いてもたってもいられず……もう思いを伝えてしまおうと思った」

「クローヴァスさん……」

「返事をくれ。……あ、いや、やはりすぐにはいらない。考えたほうが俺にとっていい返事になる可能性があるのなら、いくらでも考えてくれて構わない」

そう言いながら、彼はずっとサニアの手を握っている。離すつもりはないと、彼の手から伝わってくる気がした。

その様子に、サニアは思わず吹き出してしまった。

「ふふっ。……ありがとうございます。嬉しいです」

「嬉しい？　……ということは、もしかして」

クローヴァスが期待をこめた眼差しを向けてくる。

「私もクローヴァスさんのことが、ずっと好きでした」

「サニア！」

彼は手を離すと、今度は抱きしめてくる。クローヴァスの胸板にすっぽりと包まれた。

「わっ……！」

「嬉しいよ、サニア。夢みたいだ！　式はいつにする？　ああ、孤児院の仕事は続けてくれて構わない。君が子供たちを大切にしているのは知っているからな。しかし、子供か……。俺もいい年だから、そろそろ子供が欲しい。しかし、子供というのは授かり物だからな。君と二人きりで過ごすのもいいと思う。どんな未来になるとしても、俺は君が伴侶として側にいてくれるだけで幸せだ」

妙に早口で彼が色々と言ってくる。その様子から彼の喜びが伝わってきた。

(クローヴァスさん、私のことが本当に好きなんだ……)

突然の告白に信じられない気持ちもあったけれど、サニアはゆっくりと実感する。

しかし、サニアは彼の気持ちを受け取ることはできなかった。

自分も彼を好きだと伝えられても、それと結婚はまた別の話である。

「クローヴァスさん、落ち着いてください。私もあなたを好きですが、結婚はできないのです」

「……え?」

クローヴァスが身体を離し、サニアを見つめてきた。

「それはどういう意味だ? もしや、孤児院のマザーは結婚できないという規律でもあるのか?」

「違います。私は領主様の愛人になると約束をしてしまったのです。ですから、クローヴァスさんとは結婚できません」

「――は? 愛人だと?」

地を這《は》うような低い声が響いた。彼の纏《まと》う雰囲気が一転する。

先程まで普通に会話していたというのに、空気がひりついた。大きな身体から滲み出る威圧感におののいたサニアは、思わず後ずさる。

「どうしてそうなった？　君が望んで愛人になるとは考えられない。まさか、孤児院でもっと金が必要になっているのか？　そんなもの、俺がいくらでも出してやる」

「お金の問題ではありません。……実は、孤児院のある場所に牧場を造る計画が持ち上がったらしいのです。孤児院を取り壊して、子供たちは別々の孤児院に移ることになると領主様はおっしゃっていました。でも、私が愛人になれば、牧場を造る場所を別の土地にしてくれると提案してくださったのです」

「牧場だと？　あの土地に？」

彼の眦《まなじり》が吊り上がる。

「それはおかしな話だ。確かに広い土地だが、あそこは牧場にできない」

「えっ？　そうなのですか？」

「ああ。絶対に無理だ。陛下が許可するはずがない」

クローヴァスが断言する。

（一体、どういうことなの？　しかも、陛下の許可って……）

領主の言っていたことと食い違い、サニアは戸惑う。しかし、目の前にいる彼のほうが信用できる気がした。

「最近、元気がなかった理由はそれか？」

「はい。収穫祭前はなにかと忙しいので、収穫祭が終わり次第、領主様の愛人として呼び出しに応じる予定でした。その日が近づくにつれ、憂鬱になってしまって」

「そうか……。では、まだ嫌な目には遭わされていないのだな」

怖かったクローヴァスの目が、今度は優しくサニアを見つめてくる。

「は、はい」

「それはよかった。この件は俺に任せてくれ。君はなにも心配する必要はない。明日、一緒に領主の屋敷に行こう。そんな約束は無効だと話をつけてやる」

「クローヴァスさん……！」

「サニア」

彼は再びサニアを抱き寄せた。

「愛人になるのは未然に防げたようだが、精神的には辛かっただろう？　一人で抱えて大変だったな」

大きな手がサニアの背に回され、優しく撫でてくれる。

「これからは一人で悩まないでほしい。君の重荷を俺にも分けてくれ。ひたむきで一生懸命な君を好きになったけれど、そんな君だからこそ俺が支えたい。……サニア、俺は心の底から君のことが好きなんだ」

「……っ、はい。私もクローヴァスさんが好きです」

「では、俺と結婚してくれるか？」

「私でよければ、喜んで」

領主の愛人になるという問題が解決するのであれば、悩む必要はなかった。孤児院の仕事も続けていいと言ってくれたし、なによりサニアも彼と一緒にいたい。

「サニア」

クローヴァスが少し身体を離して、サニアの顎に指をかける。熱っぽい眼差しが近づいてくる気配がして、咄嗟に目を閉じた。

次の瞬間、少し厚めの唇が重ねられる。

「……んっ」

今まで、子供たちの頬や額にキスをした回数は数えきれない。お返しとばかりに、子供たちからもたくさんキスをされてきた。

けれど、唇と唇を重ねたことは一度もない。キスは慣れているはずなのに、唇同士を合わせるだけでこんなにも心が痺れるのだとサニアは初めて知った。

(温かくて、気持ちいい……)

小さくて薄い子供たちの唇とは違い、厚くて硬い大人の男の感触だ。心地よくて、サニアは彼の服の裾を何気なく摑む。

「……っ！」

クローヴァスがサニアの後頭部に手を添えてきた。彼は顔の角度を変えながら上唇を食《は》んでくる。

「んんっ」

キスは唇を重ねるだけかと思っていたのに、食べるような動きを見せた彼に驚いてしまった。

(え？　……えっ？　どうすればいいの？)

上唇を軽く吸われる。唇の内側のねっとりとした粘膜が、サニアの唇を刺激した。不思議な感覚に襲われる。

「はぁ……っ、ん……」

クローヴァスはサニアの上唇を堪能したあと、今度は下唇を食んできた。角度を変えながら、彼はサニアの唇を何度も味わっている。

どうしたらいいかわからないサニアは彼のなすがままになっていた。上唇も下唇も、何度も彼に吸われて唾液に濡れる。

(キスって、こんなことをするの？　まるで、食べられているみたい)

頭がほわほわしてくる。ほどよく力が抜ければ、彼の舌が唇を割ってサニアの口内に侵入してきた。

「……っ！」

驚いたサニアは咄嗟に舌を縮こまらせる。しかし、彼の肉厚な舌がサニアを搦《から》め捕《と》ってきた。ざらついた舌がサニアの舌と擦り合わされる。

「んんっ！」

舌で舌を擦る感触は、唇を吸われるのとはまた違った。互いの熱が口内で交差する。

（気持ちいい……けど、ちょっと怖い……）

クローヴァスの舌の動きは徐々に激しくなっていき、口内を貪ってくる。後頭部をしっかりと押さえられているので、熱烈な口づけから逃げることは敵《かな》わなかった。

「……っ、はぁ……っ、んむっ、ん」

熱に侵されていく。立っているのが辛くなり、ぎゅっと彼にしがみついた。すると、クローヴァスはようやく唇を解放してくれる。

互いの唇をたわんだ糸が紡いでいて、口づけの深さを物語っていた。

「はぁ……サニア……」

彼の目がどこかぎらついている。

「ずっと口づけていたい。でも、このままキスをしていたら止まらなくなって、君を抱いてしまうだろう。……無理強いはしない。嫌なら部屋を出ていくから……」

青い瞳が潤んでいた。男の人なのに、とても色気がある表情をしている。どきりとして、サニアの胸の鼓動が速まった。

(求められるまま、差し出したい……)

サニアはじっと彼を見つめ返す。

「作法とかよくわからないのですが、それでよければ、私……」

「……！　いいのか？」

「はい」

顔を赤らめながら頷く。すると、クローヴァスがサニアを横抱きにした。

「わっ！」

突然のことに、サニアは足をばたつかせる。

「こういうことをするのは初めてか？」

「は、はい」

「それでは俺に任せてくれ。君は俺を感じてくれるだけでいい。最初は痛いかもしれないが、善処する」

あっという間にベッドまで運ばれた。立派なベッドは身体の大きいクローヴァスと二人で乗ってもまだ余裕がある。

優しく横たえられて、そこに彼が覆い被さってきた。

「サニア……」

クローヴァスはサニアを挟むようにして両手をついた。いつもと違う角度で見る彼の顔は新鮮で、やはりどきどきする。顔が近づいてくる気配に、サニアは瞳を閉じた。

「ん……っ」

再び唇が重なった。今度は上唇も下唇も一緒に彼の唇に覆われてしまう。やはり、唇の内側の粘膜に擦られる感触が気持ちいい。

そして、彼の舌先がサニアの唇を舐め上げる。

「はぁ……っ、ん」

ただ唇を重ねるだけなのにサニアは昂揚した。かぶりを振れば白いシーツの上に柔らかな髪が波を打つ。

「ははっ。サニア、君はなんて愛らしいんだ」

うっとりとした眼差しでクローヴァスが顔を覗きこんでくる。そして、自分の唾液に濡れたサニアの唇を指先でなぞった。

「この可憐《かれん》な唇にキスしたいと、ずっと思っていた」

「あっ……」

何度も何度も飽きることなく彼が唇を重ねてくる。彼の舌は唇や歯列、サニアの舌など、すべてを暴き尽くすかのように執拗《しつよう》になぶってきた。

「んんっ！」

口づけが深くなるごとに身体が密着していき、下腹部に硬いものが当たる。

（なにかしら、これ……？）

サニアが何気なく膝を立てれば、太腿がその硬いなにかを掠めた。びくりと、クローヴァスが腰を引く。

「はぁ……っ、サニア、そこは――」

彼が眉根を寄せた。どこか辛そうに見えて、サニアはうろたえてしまう。

「す、すみません。私、なにか余計なことをしてしまいましたか？」

「いや……。……大丈夫だ、気にするな」

そう言って、彼は上半身を起こすと服を脱ぎ始めた。鍛え上げられた逞しい上半身が露わになる。クローヴァスの肌を見るのは初めてで、サニアは思わず視線を逸《そ》らした。

「君を脱がせてもいいか？」

「自分で脱ぎます」

「いや、俺が脱がしたい。どうかやらせてくれ」

大きな手が器用に釦を外し紐を解く。サニアは腕を上げたり腰を上げたり、彼が脱がしやすいように身体を動かした。そして、あっという間に下穿きだけの姿になる。

（恥ずかしい……）

なにも覆うものがなくなった上半身が心許《こころもと》なくて、両手を交差しながら胸を隠した。クローヴァスはサニアの身体をじっと見つめてくる。

「細い。服の上からでも細いとは思っていたが、ここまで細いとは……」

ここ最近、領主の件で食事もろくに喉を通らなかった。ただでさえ細かったサニアは、より痩せてしまったのである。

同じ年頃の女性と比べれば、胸も小さい。自分の貧相な身体を晒すことに、きまりが悪く感じる。

「みっともない身体ですみません」

消え入りそうな声で謝ると、彼に腰を撫でられる。とても優しい手つきだ。

「みっともないわけないだろう。とても綺麗だ。……ただ、あまりにも細いから壊してしまわないか心配なだけだ。そうだ、明日の朝食は肉にしよう」

「に、肉ですか？　朝から？」

孤児院では肉はなかなか食卓に上らない。ましてや、朝から肉なんて想像もできなかった。

「ベーコンくらいならいけるだろう。準備させる。明日を楽しみにしてくれ」

クローヴァスは頬に口づけてくる。そして、サニアの下肢を見た。もちろん、彼からもらった下着を穿いている。

「これは確か、二回目に見たやつと同じだな」

「えっ。クローヴァスさん、そこまで覚えているんですか？」

サニアは驚いて目を瞠る。

下着はどれも似たり寄ったりなデザインだった。彼は十枚すべてを確かめると言っていたが、どうせ後半はわからなくなるだろうとサニアは高をくっていたのである。

「俺は記憶力はいいほうだからな。いくら剣に長《た》けていても、頭が悪ければ戦争では活躍できない。それに、君の下着を忘れられるわけないだろう」

「そうですか……」

何度も下着を見せているし、その下だって見られたことがあるのに、なんだか気恥ずかしい。きゅっと唇を噛みしめれば、胸を覆っている腕に彼が唇を落とした。

「んっ」

「サニア。優しくする」

クローヴァスの顔がサニアの肩口に寄せられる。ちゅっ、ちゅっと優しいキスをしたあと、鎖骨に添って唇を這わせた。骨のくぼみに添って濡れた舌が肌を滑る。

「あっ……」

彼の硬い髪がサニアの肌をくすぐった。

キスや舌の感触も心地よいけれど、唇から零れる吐息や髪、彼が動くたびに軋むベッドの音、そのすべてがサニアを包みこんでくる気がする。

気がつけば身体から力が抜けていた。胸を覆っていた手を彼が優しく握ってくる。

「ん、うっ」

クローヴァスは唇を重ねてきた。繋がれた手がシーツに縫い止められていく。指を絡めれば、改めて彼の手の大きさを実感した。指の付け根同士が密着するだけで、とてもいやらしい気分になる。

そんなサニアの気持ちを知ってか知らずか、クローヴァスはサニアの口内を舌で味わい尽くしていた。

「はぁ……っ、ん」

その肉厚な長い舌だけで、彼の男らしさを嫌というほど思い知らされる。

片手はシーツに縫い止められたまま、もう片手も優しく胸の前から払われて、サニアの胸が晒された。ねっとりとした口づけを続けたまま、彼の大きな手がサニアの胸を包みこむ。

「……っ！」

ぴくりとサニアの腰が跳ねた。揉《も》みごたえがない小さな胸に彼は優しく触れる。

「ああ、なんて柔らかい……」

唇の隙間から恍惚《こうこつ》とした声が漏れた。

サニアは身体の細さを気にしていたけれど、控えめながらも微かな膨らみはある。クローヴァスは手触りを楽しんでいるようだ。

「んっ、う……」

胸を揉まれるとなんだか変な気分になってくる。繋いでいる指に力をこめれば、ぎゅっと握り返された。

彼の掌の中で胸の先端がどんどん硬くなっていく。

「サニア……」

ふと、彼の指先が胸の頂きを摘《つ》まんできた。

「ひあっ！」

触られたのは胸なのに、なんともいえない感覚が背筋を走り抜けていく。

「ずいぶんと愛くるしい声を出すんだな」

クローヴァスはキスをやめると、首筋に顔を埋《うず》めた。そこから肩、鎖骨、そして胸へと彼の唇が下りていく。

ゆるく盛り上がった胸を舌でなぞった後、彼は触れていないほうの乳嘴《にゅうし》をぱくりと咥《くわ》えた。

「ああっ！」

片方は指で摘まれ、もう片方は咥えられて、両胸の先端がじんと熱を孕《はら》む。

「やぁ……っ！」

くりくりと指先でこねくりながら、彼は乳嘴を吸ってきた。ぬるついた口内に導かれたそれは舌先でつつかれる。

「はぁん！　そ、それ……っ、やぁ……っ。おかしくなっちゃう……」

こんなふうに胸を触られるのは初めての経験だ。触られて、舐められるだけなのに、敏感に刺激を伝えてくる。快楽から逃れるようともじもじと身体を揺らすけれど、逃れることはできなかった。

「痛くはないだろう？　おかしくなってもいい。それが気持ちいいということだ」

ほどよい力加減で彼は胸を愛撫《あいぶ》してきた。

少し強めに引っ張ってきたかと思えば、もう片方は優しく舌で押しつぶしてくる。指先でこねながら甘噛みしてきた。右胸と左胸、それぞれ違う刺激を与えられるけれど、生み出されるのはどちらも快楽だ。

徐々にお腹の奥が熱を孕み、むずむずしてくる。

「あぁっ……！」

サニアの嬌声《きょうせい》が次から次へと唇から溢れ出す。恥ずかしいけれど我慢できない。自分でも驚くような甘ったるい声が鼻から抜けていく。

気がつけば、彼に刺激された胸の先端は大きくなっていた。自分の身体の一部が卑猥な形に変わったことに羞恥心が押し寄せてくる。

（こ、こんな形になるの……？）

サニアは自分でも驚いてしまった。

「やだ……見ないでください」

「どうして？　君はどこもかしこも愛らしい。すべてをこの目に焼き付けたい」

サニアの身体を見つめるクローヴァスの表情は嬉しそうだった。

「照れている顔も、とてもかわいい」

彼はちゅっとサニアの頬にキスを落とす。

「ああ、サニア……サニアちゃん……」

(えっ?)

気のせいでなければ「サニアちゃん」と聞こえた気がする。

しかし、彼がちゃん付けで呼んでくるはずもないし、聞き間違いだろう。

サニアが動揺している間にも、クローヴァスの大きな手は胸から下へと肌を撫でながら移動していく。

細い腰と薄い腹を通り、太腿に触れてきた。

「あっ……」

そこから先、彼の手がどこにたどりつくのか、サニアにもわかる。現実逃避するように、ぎゅっと両目を閉じた。

「大丈夫。怖くない」

どこか切羽詰まったような、けれど穏やかな声で彼が呟く。やがて、その長い指先がサニアの足の付け根に届いた。薄布の上から柔らかな花弁に触れてくる。

「んあっ!」

指でなぞられただけなのに、びりびりとした感覚に襲われてサニアは大きな声を上げてしまった。じわりと、内側から蜜が溢れ出すのが自分でもわかる。

クローヴァスは秘裂には触れずに、ふっくらとした陰唇に優しく指を滑らせる。それだけで、甘い痺れがサニアを襲った。

「ふあぁ……っ、ん……ぅ」

蜜が滲み、下着がサニアの身体にぴたりと張り付く。蜜口とその少し上にある小さな蕾《つぼみ》、そして花弁の形が露わになった。むしろ、秘裂がひくついている様子まで布越しにわかってしまう。

薄布を隔てているせいで見えないのに、その部分の形だけがはっきりとわかるのはとても扇情的だった。

クローヴァスがごくりと喉を鳴らす。

「サニア……」

下着に指をかけられた。サニアは脱がしやすいようにわずかに腰を浮かす。

しかし、そこでぴたりと彼の動きが止まった。

(えっ……？　脱がさないの？)

中途半端に浮かした腰がぷるぷると震える。鍛えているわけではないサニアは姿勢を保てず、ぺたりとベッドの上に尻をつけた。

「す、すみません。初めてなので、勝手がわからなくて。変なことをしてしまいましたよね」

脱がされると思って腰を上げたが、どうやら違うらしい。顔を真っ赤にしながらサニアが謝る。

しかし、クローヴァスはばつが悪そうに呟いた。

「い、いや。悪いのは俺のほうだ」

「え?」

「恥ずかしそうに腰を上げた君がとても愛らしすぎて、たまらなくなり――、感情が昂《たか》ぶって動きが止まってしまった。いい年をして情けない」

「……!」

愛らしすぎて、たまらない。彼の口から紡がれる言葉に、サニアの胸がいっぱいになる。

(嬉しい……)

少し前まで、彼との恋は叶わないと思っていた。それどころか、領主の愛人になる運命だったのだ。

それが、クローヴァスと思いが通じるだけではなく、ここまで愛されているなんて。サニアの心は幸せで満たされていく。

「好きです、クローヴァスさん……」

「俺もだ。君が好きでたまらない」

ねだるように彼を見つめれば、意図が通じたのか彼が唇を重ねてくれた。ぎゅっと抱きしめられ、小さな胸が彼の逞しい身体に押しつぶされる。抱きあっているだけで気持ちいいし、嬉しい。

唇を吸い、舌を絡め、深く口づけあう。

そうしながら、再び彼の手が下着に触れてきた。サニアは微かに腰を浮かす。

「……ン」

嬉しそうに、クローヴァスの舌がぴくりと跳ねた。だが、今度は止まることはない。彼はゆっくりと下着を下ろしていく。

キスしながらだと膝までしか下ろせなかった。彼は唇を離すと身体を上げ、脱ぎかけの下着を最後まで下ろす。輪になった薄布がベッドの隅に追いやられた。

「……っ」

彼にすべてを見られるのは、これが初めてではない。以前、とんでもない状況で見られてしまった。

だが、今とその時では状況が違う。あの時はサニアを助けるためであり、それ以上のなにかが待っているわけではなかった。今日はその先の行為が待っている。

恥ずかしくて身体を隠したい衝動に襲われるけれど、サニアはシーツを掴んでぐっと堪えた。

クローヴァスはといえば、サニアの下肢ではなく上半身をうっとりと眺めている。

「なにからなにまで、本当に愛らしい……」

ちゅっと、シーツを握る指先にキスを落とす。

サニアが恥じらっているのがわかるからか、彼は下腹部に視線を向けなかった。ただ、じっとサニアの顔を覗きこんでくる。

(見られるのも恥ずかしいけれど、こうして見つめあうのも恥ずかしい……)

どんな表情も彼に見られてしまう。

「サニア……」

視線はサニアの顔に向けたまま、クローヴァスの手が下腹部に伸ばされた。その太い指先が蜜口に触れた瞬間、彼の指が滑る。

「ああっ……!」

触れられて初めて、その部分がどうしようもなく濡れていることにサニアは気付いた。蜜に濡れた指がサニアの割れ目をなぞると、くちゅりと淫猥《いんわい》な水音が耳に届く。

「やっ……」

自分の身体から聞こえた音に羞恥心を煽られて、サニアが小さく首を振る。クローヴァスはといえば、そんなサニアを見て極上の笑顔を浮かべていた。

「愛くるしい……可憐だ……」

口角を上げながら、彼の指先がサニアの秘裂をなぞっていく。

「あっ、んっ、はぁ……っ、あ」

蜜が溢れ、水音が大きくなっていった。ふと、蜜口の上でぷっくりと膨らんだ花芯に指先が触れてくる。

「ひあっ！」

襲いかかってきた衝撃に、サニアは目を見開いた。クローヴァスが指先をそこに押し当ててくる。すると、どうしようもない快楽が押し寄せてきた。

「やぁ……っ、そこは……っ、ん、だめですっ、……んうっ」

「気持ちよくないか？」

「はぁ……ん、気持ちよすぎて……っ。……ああっ！」

親指と人差し指でそこを摘まれ、腰が跳ねた。

「気持ちいいのはいいことだ。たくさん気持ちよくなって、そのとろけた顔を俺に見せてくれ」

「あっ、ふぁ……ぁ」

くりくりと指先でこねくり回される。すると、まるで痺れるかのような快楽が背筋を突き抜けていった。熱を持った花芯はさらに大きく硬くなる。

「やぁ……っ」

迫り来るなにかに耐えきれず、サニアはシーツを摑む手に力をこめた。強すぎる感覚に戸惑いを覚える。

「我慢しなくていい。前にあの下着を脱がした時と同じだ。気持ちよくなれば楽になれる」

「んうっ、はぁ……ん」

「ほら、快楽に身を任せるといい。思うままに感じてくれ」

蜜芽を指先で弄《もてあそ》びながら、クローヴァスはサニアの指先にちゅっと口づけを落とす。まるで力を抜けと言われているようだった。

しかし、サニアはどうしたらいいかわからない。ますます強くシーツを握れば、次の瞬間、彼の舌が指の付け根を舐めてくる。

「ああっ！」

ぬるりとした舌の感触に、手から力が抜けた。シーツを離せば、人差し指を彼にぱくりと咥えられてしまう。

「あっ、あぁぁ……っ」

指先に彼の歯と舌、そして温もりを感じる。クローヴァスは飴でも舐めるかのように、サニアの細い指を舐め、吸い上げた。

「んっ、んうっ……」

指先からも快楽が拡《ひろ》がっていく。ずっといじられたままの下肢もじんじんと強い悦楽を訴えていた。

「はぁ……っ、クローヴァス、さ……」

サニアは瞳を潤ませる。

「ん、そろそろか？　……達してみるといい」

彼は指を咥えながら囁くと、きゅっと花芯を引っ張る。

次の瞬間、サニアは快楽の淵《ふち》に落とされた。がくがくと全身が震えて、頭の中が真っ白になる。踵《かかと》がシーツの上を滑り、足の指先がぎゅっと丸まった。

「あぁあ……」

思考が止まり、なにも考えられなくなる。一瞬のことなのに、長い時間が経ったように感じられた。

やがて、強張《こわば》っていた体から力が抜ける。ひくついた秘裂がどぷりと蜜を流した。

以前彼に卑猥な下着を脱がされた時も似たような感覚を味わったが、今のはもっと深い。

「はぁ……っ、はぁ……」

息を荒らげる。涙目になった顔はとろけきっていて、そんなサニアを見たクローヴァスは恍惚とした表情を浮かべていた。

「達する時のサニアも本当に愛らしかった。見ているだけで、頭がどうにかなりそうだったぞ」

彼はちゅっ、ちゅっと頰に何度もキスをしてくる。

「上手だったな、サニア。あと何回か達したら、身体もほぐれるだろう」

「……え？」

達したばかりで思考回路もままならないまま、とんでもない台詞が聞こえた気がした。

（あと何回か達したらって……え？　えっ？）

「いっぱい気持ちよくなろう。大丈夫だ、俺に任せてくれ」

力の抜けたサニアの両膝を割り開き、彼は足の付け根に顔を寄せてくる。

「クローヴァスさん、なにを……？」

「指もいいが、こちらも気持ちいいぞ」

「ちょっと待ってくださ……っ、あぁっ！」

彼の唇が蜜口に押し当てられた。指とは違う柔らかな感触に、サニアの腰が疼く。

「あっ、やあ……っ、んっ！」

唇に口づけるかのように、彼は蜜口にキスしてきた。花弁を舌先でめくられて薄桃色の粘膜が露わになると、そこを舐め上げられる。

「ああっ！」

そんな場所は自分でも触れたことがなかった。ねっとりとした舌の感触にぞくぞくしてしまう。下腹部に再び熱が籠《こ》もった。

「やっ、んう……はぁん」

クローヴァスはサニアの内側を丹念に舐め上げていく。最初は浅い部分から、そして徐々に深い場所まで舌が伸ばされた。

そんな部分を舐められるとは思ってもいなくて、サニアは動揺してしまう。

(な、なんで？　どうしてそんなことをするの……？)

訊ねようにも、快楽に震える唇はあえぎ声しか紡げない。舌が奥に侵入するにつれ、彼の高い鼻がサニアの秘処に押し当てられる。

「ひうぅ、んっ……」

高みに上り詰めたサニアは、快楽から解放されたはずだった。それなのに、再び愉悦が打ち寄せてくる。しかも、先程よりも強く感じた。

「はぁ、あ……！　クローヴァスさん……っ！」

舌のざらついた感触にサニアの媚肉《びにく》が悦《よろこ》ぶ。舌は隘路《あいろ》をかき分け、ぐるりと中で回された。やがて、彼の舌が届く部分はすべて舐め尽くされる。

「はぁっ、あぁ……」

彼の唾液とサニアの愛液で下腹部はぐちゃぐちゃだ。しかし、丹念な愛撫により強張っていた蜜口がほころんでいる。

（こ、こんな場所まで舐められるなんて……！）

クローヴァスは舌先を尖らせると、蜜口に抜き差ししてきた。

「んうっ！」

ずぶずぶと抽挿《ちゅうそう》される舌の感覚に、サニアは翻弄《ほんろう》される。

「やぁっ……、あ！　なに、これ……っ、ん！」

舌を挿《い》れたまま内側を舐められるのとは違った。彼の舌が出入りするたび、サニアの蜜口は開いたり閉じたりする。

柔らかなそこは彼の侵入を拒むことはなかった。ぐちゅぐちゅと、規則的な音が響く。

水音とサニアの嬌声に、彼の興奮したような吐息も混じった。獣のような息遣いはとても艶《なま》めかしくて、頭がくらくらする。

身体の中心が痺れる気がした。再び、じりじりと快楽に侵されていく。

「あっ、また……っ、きちゃう……」

どんどん身体が火照っていく。きゅうと蜜口がひくつけば、クローヴァスは舌の動きを速めた。それと同時に指で花弁を左右に割り開く。

「ひあっ！」

桃色の粘膜を晒したままの状態で彼の舌が抽挿される。

快楽の矢がサニアを貫き、二度目の頂点へと導かれた。腰が上がり、彼の顔に秘処を押し当てる体勢になってしまう。

「あっ、ああっ、あ――」

まるで愛液を塗りつけるかのように、彼の鼻の上を秘処が滑る。

「あ……」

舌が抜かれると同時に、サニアの身体からも力が抜けた。

しかし、今度はそこに長い指が埋めこまれる。

「ああっ……」

「上手だったぞ。だが、もう少しほぐしたほうがいい」

愛液で顔を濡らしたまま、クローヴァスが微笑んだ。そして、まだひくつくサニアの蜜道を指で優しく擦り上げていく。

舌では届かなかった場所まで指が到達するけれど、痛みは感じなかった。異物感もない。ただ、彼の指を快楽として受け入れている。

「はうっ、んっ、はぁ……っ」

しとどに濡れた蜜道を彼の指が暴いていく。まるで、なにかを探るような動きだ。

気がつけば指は二本に増やされている。じんじんと熱を放つ内側を指の腹で擦られると、ある一点に触れられた瞬間、サニアはびくりと身体を震わせた。

「ひあっ！」

「見つけた」

クローヴァスが嬉しそうに言う。

「ここが君のいいところだ」

「いいところ……？　……んっ！　あっ、ああっ！」

彼はその場所を執拗に指で擦ってくる。指の腹を押し当てながら摩擦されると、手放したばかりの快楽が舞い戻ってきた。

「ま、また……っ、んっ、あ……！」

「連続で達するのも気持ちいいぞ」

彼はとてもにこやかだけれど、その指の動きはとても意地悪だ。サニアがたまらなくなるように刺激を与えてくる。

自分の身体なのに、すでに彼のほうが知り尽くしているような気がした。

「そ、そこっ……ぁっ、はぁっ、ん……。やっ！　また、おかしくなっちゃう……」

「それでいい。何度でも気持ちよくなってくれ」

ぐりぐりと指で押されながら、かき混ぜられる。サニアは呆気《あっけ》なく果ててしまった。

「あ……！」

きゅうきゅうと、彼の指を蜜口がしめつける。

度重なる快楽に頭がぼうっとして、焦点の定まらない眼差しを天井に向けた。

「ああ……なんて愛らしい。俺のサニア」

クローヴァスがサニアの額に、頬に、唇に軽いキスを落とす。そして、彼もすべて服を脱いだ。ぴんと、彼の雄竿が腹につきそうなくらい勃《た》ち上がっている。

「……っ！」

呆《ほう》けていたサニアだが、彼の下腹部のそれを見て一気に頭が冷めた。赤黒いそれには太い筋が浮かんでいて、びくびくと小さく打ち震えている。

成人男性の性器を見たことがないけれど、彼のものがとても大きいことはすぐにわかった。

「そ、それが……私の中に……？　入るんですか……？」

「もし無理そうならやめるから、安心してくれ。快楽ならいくらでも与えるが、痛くするのは趣味ではない」

彼はサニアを安心させるかのように頭を撫でた。その手の温もりに、サニアはなんだかほっとする。

サニアを追い詰めるクローヴァスは知らない男の人のようだった。けれど、サニアが嫌がれば、彼ならやめてくれるだろう。そんな安心感がある。

（クローヴァスさんなら大丈夫……）

初めてなので怖さもある。けれど、彼になら安心して身を任せられると思った。

クローヴァスはサニアの足の間で膝立ちになり、蜜口に怒張をあてがってくる。

「あっ……！」

舌と指でほぐされたそこは先端を押しつけられただけで花開き、まるで自ら迎え入れるように彼を受け止めた。大きな亀頭がサニアの中に侵入してくる。

「んっ、んうっ、あ……！」

彼のものはとても硬かった。そして、指や舌とは比べものにならないほど熱い。サニアの媚肉が押し拡げられていく。

「はぁっ、んぅ……」

大きいものが埋めこまれる圧迫感はあったけれど、驚いたことに痛みはなかった。破瓜《はか》は痛いという噂だが、いつまで経っても痛みが襲ってこない。

「え……？」

ひくつく蜜口は、彼をどんどん受け入れていく。繋がりが深くなるにつれ、ようやくちりっとした痛みが生じたけれど、それだけだった。むしろ、先程見つけられた「いいところ」を剛直が擦るたびに快楽が生じる。

(なんで？　全然痛くない……？)

ゆっくりとした動きで彼のものがどんどん入ってきた。剛直は根元まで埋めこまれ、彼の下生えがサニアの恥丘をくすぐる。

「はぁ……っ」

なぜか、クローヴァスのほうが辛そうだった。眉間に深い皺が刻まれている。

「サニア、平気か……？」

「痛くなくて、んっ、驚いてます。クローヴァスさんのほうが辛そうですけど……、んうっ」

心配そうに見つめれば、彼は苦笑した。

「俺は辛いのではなく、君が愛らしすぎて……今にも果てそうなのを耐えているだけだ。とろとろで、熱くて、気持ちよすぎる」

「……っ、そ、そうですか」

感想を告げられると恥ずかしくなる。

「ずっと……サニアが好きだった。愛した女性とこうして一つになれるなんて……嬉しくて、それだけで果てそうだ。はぁ……っ、サニア……」

「んっ！」

熱っぽく名前を呼ばれ、唇を重ねられる。今度の口づけは力強さはなかった。サニアの口内を優しく愛《め》でる。

そのまごついた動きに、彼が強い快楽を感じていることが伝わってきて、サニアの心が躍った。

自分の中に他人が……しかもあのクローヴァスがいるのだと思うと、とても不思議な感覚がした。とても熱く、硬いもので初心《うぶ》な身体に彼の存在が強く刻まれていく。

（こんなの……好きな人とでないと、絶対に無理だわ）

改めて、自分は領主ととんでもない契約をしたのだと思い知った。身体をぴとりと密着させて、自分の弱い部分を差し出し、すべてを相手に任せる行為。これは愛しているからこその特別なことだ。

サニアの内側はとろけるほどに熱を持ち、クローヴァスを包みこんでいた。繋がっているだけで気持ちいい。強すぎる快楽を立て続けに与えられていたから、今の穏やかさをちょうどよく思えた。

「ん……っ」

「……っ！」

サニアは自ら彼の舌に己の舌を絡ませてみる。

ぴくりと、内側で彼の熱杭が跳ねた。

「ハァ……っ、サニア……！　そんなかわいいことをしては、いけない……」

「あっ！」

ずっと止まっていた彼の腰が動き始める。すると、じわじわと愉悦が生まれてきた。

剛直が中をゆっくりと行き来する。

「クローヴァス、さ……っ、あ……」

サニアはぎゅっと彼にしがみつく。無意識のうちに腰が揺らめいた。すると、彼が小さくうめく。

「……ッ！　サ、サニア！　そんなふうに、ン、動かされると……ッ」

「あっ、あぁ……っ！」

止まれと言われているのはわかるのだが、彼が動けば自然と腰が動いてしまう。まるで、なにかを求めるような本能の動きだ。

「くそ――」

クローヴァスが小さく舌打ちをする。そして、腰の動きが速まった。

「ひあっ！」

ずんずんと、身体の奥まで深く突き上げるような動きだ。穏やかだった快楽の波が激しくなる。

「サニア……！　サニアっ、ン。君とこうしているなんて夢みたいだ……ああ、俺の可憐なサニアちゃん！　愛している……！」

「あっ、んっ、はぁ……っ」

なにやら言われているような気がするが、快楽に侵されて上手く聞き取れない。突き上げられて細い身体が揺れる。

痛みはなく、ただひたすらに気持ちいい。

「クローヴァスさん……！」

視線が交われば、身体の中で彼の熱が爆《は》ぜた。雄杭は打ち震えながら、どくどくと白濁を吐き出していく。

（なんて熱い――）

自身を満たしていく熱液の感覚に、サニアの目の前がちかちかした。快楽とはまた別種の気持ちよさがそこにある。

「ハァ……ッ、ン――」

何度も何度も震えながら、雄液が注がれていく。

（こ、こんなに出るものなの……？）

止まらぬそれに、サニアは少し驚いてしまった。ようやく彼のものが収まると、クローヴァスは気まずそうに瞳を逸らす。

「情けない。こんな早いはずはないんだが……君のことが好きすぎて……」

「そ、そうなのですか？」

早いとか遅いとか、これが初めてのサニアにはよくわからない。ただ、吐精したにもかかわらず彼のものがまだ硬いことは気付いていた。

「俺ばかりがよくなっても駄目だ。君を気持ちよくさせたい」

「えっ」

クローヴァスは探るように腰を回す。彼が動くと、結合部から白濁が溢れ出した。

「ああっ！」

かき出されず、身体の中に留まった精が奥へと押しやられる感覚に頭がくらくらする。サニアの蜜で潤んでいたそこはクローヴァスの精が混じり、ぐちゃぐちゃになっていた。

蜜道を剛直が擦り上げていく。

「確か、この辺だったか……」

クローヴァスが小突いてきたのは、先程指で散々触られた部分だった。先端でぐりっと刺激されると、強い快楽が弾ける。

「んあっ」

びくりとサニアは身体を震わせた。

「ああ、やはりここだったか。見つけた、サニアのいいところ」

彼は嬉しそうに笑うと、そこを集中的に刺激してくる。

丸まった先端を押し当てたり、硬い肉竿の部分で擦り上げたり、亀頭と肉竿の段差の部分でひっかいてきたり——弱い部分ばかり責められて、収まっていた衝動が再びこみ上げてきた。

「あっ、ああっ……、んっ、あ……！」

強い快楽にあっという間にさらわれていく。

「ま、待って……っ、あ」

「ん？　ここが気持ちいいんだろう？　中が、ンっ、きゅうきゅうと俺をしめつけてくる」

打って変わって、クローヴァスは余裕のある表情をしていた。

「やあっ、あっ、ああっ。ま、また……、私……っ」

「何度でも達してくれ」

「ひぅん！」

逃げようとしたけれど、覆い被さられているのでどうにもできない。指でもなく、舌でもなく、彼自身に快楽を強く刻まれていく。

ぐりっとそこをえぐるように突かれた刹那、サニアはまたもや高みに上り詰めた。

「あ……っ！」

身体が震え、内側にある彼のものを強くしめつける。

「ああ、愛らしい……。君はなんて愛くるしいんだ。たまらない」

絶頂の最中にいるサニアの頬にクローヴァスはキスをした。ちゅっ、ちゅっと軽やかな音が耳に届く。

「はぁっ、はぁ……」

真っ白に染まっていた意識が戻り始めるが、身体の中にはまだ彼の硬いものがあった。少し休みたい気もするが、サニアの媚肉はねだるかのように律動している。

「連続で達してみるか？」

「え……？　……っ、ああっ！」

ずんずんと、再び弱い場所に彼が肉竿を押し当ててくる。

「やあっ、ま、待って……！」

「君の中は待ってほしくないようだが？　……そうだな、奥も試してみるか」

「お、奥……？」

クローヴァスは今度は最奥めがけて腰を突き上げてきた。

「んあっ！」

サニアは背筋を仰け反らせる。一番深い部分を穿《うが》たれると、身体がじんと痺れるような気がした。

「ひあっ、あ――」

押しつぶされそうなほど激しく刺激される最奥はもちろんのこと、彼が腰を引いた時に亀頭が蜜道をひっかきながら抜け落ちていく感触もたまらない。愉悦の波がずっと押し寄せてくる。

（気持ちいいのが、止まらない……！）

休む間もない快楽にサニアは身体を震わせる。突かれるたび、奥が敏感になっていった。

「あっ、また、また……っ！」

サニアは背筋を仰け反らせながら果てる。

しかし、クローヴァスの腰は止まらない。絶頂を迎えてひくつく蜜道を容赦なく穿ってくる。

「ひあっ！　ああっ！」

サニアが奥で達すればそれより手前の感じる部分を擦り、そこで達すれば再び最奥を穿つ。奥と手前を交互に責められ、サニアは幾度も絶頂へと導かれた。

「ずっと達し続けているのか？　気持ちいいだろう？　とろけそうな顔をして……ああ、本当に愛らしくてたまらない」

恍惚とした表情を浮かべたクローヴァスが頬ずりをしてくる。

「愛くるしい……ああ、俺のサニアちゃん……」

「……っ、はぁん、あうっ！　……っ、ん！」

何度目かわからない絶頂のあと、彼は再び雄液を放つ。その直後、サニアは意識を失うようにして眠りに落ちた。

第四章　新たな契約

額に、頬に、鼻に、温かくて柔らかいものを感じる。

「サニアちゃん……ああ、サニアちゃん」

甘くとろけそうな声が耳に届いた。サニアはゆっくりと目を開く。ぼんやりとした輪郭が明らかになっていき、クローヴァスが自分を見つめているのがわかった。

「おはよう、サニア。起こしてしまったか？」

先程聞こえた穏やかな声とは打って変わって凛々しい声だ。しかし、眼差しはとても優しい。

「その……昨日は結構無理をさせてしまった気がするが、身体は大丈夫か？　痛いところはないか？」

「ええと……」

サニアは身を起こして腕や肩を動かしてみる。しかし、痛む場所はなかった。

「大丈夫みたいです。むしろ調子がいいくらいで」

孤児院のベッドは硬くて布団も薄い。夜は冷えるし、熟睡できずに夜中に何度も目が覚めてしまうことがある。

しかし、このベッドは寝心地がとてもよかった。昨夜はたくさん身体を動かしたこともあり、深く眠れたように思える。

「そうか。それならよかった。しかし、痛いところがあったらいつでも言ってくれ、俺のサニア」

クローヴァスが愛《いと》おしげにサニアの髪を指で梳《す》く。

「はい、ありがとうございます。……っ」

サニアは何気なく自分の耳に手を当てた。

(クローヴァスさんは私のことをサニアって呼んでいるわよね。どうしてサニアちゃんなんて幻聴が聞こえるのかしら。まさか、耳が悪くなってしまったとか?)

できものがないか、指で耳を確かめる。

「ん？　どうした、サニア？　耳がおかしいのか？」

「はい。昨夜から幻聴が聞こえるようで」

「幻聴だと？　どんな感じだ？」

クローヴァスが心配そうな面持ちで訊ねてくる。変なことを言うようで気が引けるが、サニアは正直に伝えた。

「その……クローヴァスさんが、時折、私のことをサニアちゃんって呼んでいるように聞こえてしまうのです」

「――ッ！」

彼は驚いたように目を瞠った。サニアは恥ずかしくなる。

「すみません、変なことを言ってしまって」

「……ああ、いや。幻聴ではない」

眉間の皺を指で揉みながら、彼が言葉を紡ぐ。

「あまりにも愛らしくてかわいいから、実は心の中でずっと君をサニアちゃんと呼んでいた」

「えっ……？」

「こんな大男が気持ちの悪いことを言ってすまない。俺は生まれてこのかた、誰かをちゃん付けで呼んだことは一度もないし、呼びたいと思ったこともなかった。……だが、君だけは特別だ。君の奇跡的な愛くるしさは、ちゃん付けで呼ぶしか選択肢がないだろう？　心の中に押しとどめておくつもりが、君が愛らしすぎるあまり、つい言葉に出してしまったようだ」

クローヴァスは耳まで赤く染まっている。

「いい年の男が気持ち悪いだろう？　自分でもどうかと思う。以後、言わないように気をつける」

恥ずかしがりながらも、きりっとした表情で彼は宣言した。

（私のことを、サニアちゃんと呼んでいたなんて……）

今までの人生で「サニアちゃん」と呼ばれたことは一度もなかった。まさか、こんな年になってから呼ばれるだなんて。

体格も大きく、声の低い三十過ぎた男にちゃん付けで呼ばれたら、普通は気味が悪く感じるだろう。誇り高き騎士団長が誰かをちゃん付けで呼ぶのは似合わない。

しかし、サニアはクローヴァスが好きだからこそ、なんだか胸の奥がきゅんとしてしまった。この大男がとてもかわいく思えてしまう。これが惚《ほ》れた弱みというやつだろうか？

「あの……呼んでください」

「え？」

「呼びたいように呼んでください。私も聞きたいです」

「そ、そうか？　いいのか？」

信じられないといったように彼が問いかけてくる。サニアはこくりと頷いた。

「それは嬉しい。もちろん、そう呼ぶのは二人きりの時だけにする。だから、今は――」

クローヴァスが咳払いをする。じっと彼を見つめれば、ゆっくりと唇が開いた。

「サニアちゃん」

「……っ！」

思わず胸を押さえる。

(な、なんてこと！　面と向かってちゃん付けで呼ばれると、こんなにも胸がときめくなんて。クローヴァスさんの風貌には似合わないけれど、だからこそ特別な響きに聞こえるというか……)

ちゃん付けの破壊力は凄《すさ》まじく、サニアは動揺した。

「あの……」

「なんだ？　やはり気持ち悪かったか？」

「いいえ、その逆です。いつもと違う感じでどきどきしました。私も別の呼び方にしたほうがいいですか？　例えば、クローヴァスくんとか……」

「うっ！」

今度はクローヴァスが胸を押さえる。

「そ、それは……それはいけない！　君のその可憐な唇で俺のことをくん付けで呼ぶなど……、……勃ってしまう」

「え？」

サニアはふと彼の下肢に視線を向けた。薄いブランケット越しに、なにかが盛り上がっているのがわかる。

「あっ……」

昨日、散々サニアの中を穿ち、快楽を刻みつけてきたものが脳裏をよぎり、サニアは赤面した。

「情けなくてすまない。だか、放っておけばそのうち収まる。……サニアちゃんが愛くるしくて、どうしてもこうなってしまうんだ。こんなの、俺も初めてで戸惑っている。だが……」

クローヴァスの顔が近づいてくる。

「悪くないと思っている」

「……！」

彼の唇が優しく重ねられる。瞳を閉じると唇を吸われた。軽やかな水音が耳に響く。

「ん……っ」

キスは一度で終わらなかった。角度を変えながら、クローヴァスは何度もサニアの唇を愛撫する。

そして、舌がサニアの口内にぬるりと忍びこんできた。それと同時に後頭部を大きな手で押さえられる。

「んむっ！」

がっちりと固定されて、逃げることもままならず激しい口づけを与えられる。

爽やかな目覚めだったはずなのに、身体の奥から熱がこみ上げてきた。気付けばサニアも夢中になって彼に応じる。

(キスって、こんなに気持ちがいいのね……)

情熱的な口づけにうっとりしていると、優しく押し倒された。目を見開けば、熱情を青い瞳に宿したクローヴァスがサニアを見つめている。

「サニアちゃん……。こんな朝から、君を抱きたくなってしまった」

「時間は大丈夫なのですか？　今日はお仕事は？」

まだ早い時間だけれど、肌を重ねたら仕事に遅れてしまうのではないかと心配になる。

「今日は休みだ。それに、領主の屋敷に行くと昨日言っただろう？　だから……その、いいか？　もちろん、サニアちゃんの身体が辛いのならやめておくが」

「全然辛くありません」

適度な運動と寝心地のいいベッドのおかげで体調は万全だった。繋がる前にたっぷりほぐしてくれたから、破瓜の痛みも残っていない。

「サニアちゃん……」

彼が再び唇を重ねてくる。

ブランケットをめくられれば、サニアの細い身体が露わになった。小さな胸元には、彼につけられた赤い痕が散らばっている。

「俺は夜目が利くほうだが、明るいところで見るサニアちゃんの身体もとても綺麗だ」

彼は新たな赤い痕を胸元に残す。顔を寄せられれば、硬い髪がちくちくと肌を刺激した。

「んうっ……」

胸元にキスされるだけで先端が硬く尖る。

「サニアちゃん。君の背中が見たい。見せてくれないか？」

「え？　こうですか？」

サニアは身を返してうつ伏せになる。さらりと髪が流れて、うなじが露わになった。

「ああ、細い首に肩甲骨のくぼみ、背筋のゆるやかな曲線……ああ、ああ！　サニアちゃんは本当にどこもかしこも愛らしい。俺の女神だ」

うつ伏せになっているせいで、彼の顔は見えない。しかし、その声が弾んでいることはわかった。

クローヴァスはサニアの首筋に唇を這わせる。

「あぁっ！」

後ろからのキスはいつもと違う感覚がした。彼はうなじを舐め、肩甲骨に何度も何度も口づける。そうしながら、前に手を滑りこませてきた。

「んっ！」

うつ伏せになると、仰向《あおむ》けになった時よりも胸に肉が集まる気がする。少しだけ大きくなったその膨らみをクローヴァスはゆるゆると揉みしだいた。

「はぁ……っ、あぁ……」

じわじわと官能が引きずり出されていく。

「サニアちゃんの身体はとても柔らかくて、許されるならずっと触っていたいほど心地い い」

彼は背中にキスをしながら、胸を揉む。前と後ろ両方に刺激を感じて、サニアの腰が疼いた。

「ひあっ、あ……」

小ぶりな臀部が微かに持ち上がる。それはまるで、彼を誘っているかのような動きだった。

「ああ、愛らしい！　サニアちゃん……！」

クローヴァスは片手で胸を愛撫したまま、もう片手を下腹部に向かわせる。

「んあっ！」

微かに盛り上がった恥丘を撫でながら、指が割れ目を滑っていった。ぷっくりとした花芯に指先が届けば、くりくりと指の腹を押し当ててくる。

「んうっ！　あっ、そこは……っ、ああっ！」

じんじんと痺れるような快楽が身体を襲った。

「ここは、とても気持ちがいいだろう？」

クローヴァスは太い指で蜜芽を摘まむと、軽く引っ張ってくる。

「ひあっ……！」

「ンッ。その声、とても腰にくるな……」

硬くなった乳嘴を指先で刺激しながら花芯を弄ぶ。蜜口がじわりと愛液を滲ませれば、ようやく太い指が埋めこまれていった。

「あうっ、あっ、……はぁ……」

節ばった指がゆっくりと自身を満たしていく。掌で恥丘を押さえるようにして指を挿入されると、お腹の奥がきゅんと疼いた。

昨夜、数えきれないほどの快楽を刻まれた秘処は、彼の指を喜んで受け入れていく。少し動かされただけで、そこは簡単にほぐれた。ねだるようにひくついて、太い指をきゅうっとしめつける。

「かわいいおねだりだな。でも、まだだ。もっとほぐさないと」

「あっ……！　はぁ……ん、っ」

ぐずぐずになっている蜜口をクローヴァスはかき混ぜる。

淫猥な水音を立てながら、蜜が糸を引きながらシーツに垂れ落ちていった。そうしながらも、彼は背中にキスの雨を降らせる。

「やっ、ああっ！　ま、待って……！」

「待って……ということは、達しそうなのか？」

「は、はい……っ！」

サニアが身体を震わせる。すると、彼の指の動きが速くなった。

「ひあっ！」

「いい子だから、達しておこう」

「あっ、ああっ！　んっ、はぁ……っ、あああ！」

摘まれた乳嘴は、指先で軽くつぶされながら引っ張られる。恥丘を掌で押されながら蜜口をかき混ぜられて、サニアは呆気なく絶頂へと導かれた。

「あぁあああ……！」

背筋を仰け反らせて全身が硬直する。小ぶりなお尻が小さく揺れる。彼の指を食いしめながら果てると、くたりと四肢から力が抜けた。

「とても愛らしかったな、サニアちゃん」

クローヴァスは指を引き抜くと、サニアの臀部を優しげな手つきで撫でた。そして、腰をしっかりと押さえてくる。

「んっ！」

絶頂の余韻でひくつく蜜口に怒張をあてがわれた。

「サニアちゃん……！」

甘ったるい声で名前を呼びながら、彼は腰を進める。

「ああ……っ！」

大きな熱の塊がサニアの中を満たしていった。絶頂を迎えたばかりで敏感になっている蜜道は、硬い肉の塊に擦られるだけで強すぎる快楽を享受してしまう。

「はぁ、う……」

サニアの秘処は震えながら彼を迎え入れていった。痛みはなく、溢れんばかりの愉悦に全身が包まれていく。

(な、なんか……昨日とは違う……！)

昨日は散々彼に貫かれたが、それはすべて前からだった。後ろからの挿入は、また違った感触をサニアに与えてくる。

「ひあっ！」

こつんと、彼のものが奥まで届いた。昨日とは違う角度で、そしてより奥まで届いている気がする。

「……ッ、キツい……。ハァっ、ン――。サニアちゃん、辛くないか……？」

クローヴァスが気遣うように声をかけてきた。

「大丈夫です……っ、ん。むしろ、気持ちがよすぎて……頭がおかしくなっちゃいそうです」

「ハハっ、そうか……。いいよ、どんどんおかしくなってくれ。俺に酔いしれ、俺に乱れてくれ」

彼は嬉しそうに笑って、ゆっくりと腰を揺らしてきた。熱杭が隘路を行き来する。

「はぁっ、あっ、ああっ！」

昨夜まで男を知らなかった場所を、彼のものが容赦なく押し拡げていく。まるで、彼の存在を教えこまれているようでサニアの身が焦がれた。

「サニアちゃん……」

切ない声で呼ばれれば胸がきゅんとする。あのクローヴァスがちゃん付けで呼んでくるのがたまらない。

(こんなクローヴァスさんを、私しか知らない)

独占欲が心を満たす。

「あっ、ああ……クローヴァスさん……っ」

雄杭をきゅっとしめつける。すると、彼の息が荒くなった。

「ン、──ッ、あ……」

表情は見えなくても、気持ちいいのだろうということがわかる。

繋がった部分から快楽が波紋のように拡がり、指先までじんと痺れる。

「すごくうねってるな……。サニアちゃんは中までいじらしくて、俺を惑わせる……！」

腰を突き入れられるたびに悦楽が乗算されていく。高みへと押し上げられていく感覚に襲われた。

「はぁっ、んっ、あぁ……！」

「また達しそうなのか？」

クローヴァスは根元まで挿入したまま、先端をぐりぐりと最奥に押しつけてきた。その瞬間、一気に快楽にさらわれる。

「あぁあ……っ！」

ぴんと身体を仰け反らせて彼のものを強くしめつける。目の前がちかちかして、どこか別世界に意識が飛んでいってしまったみたいだ。

サニアは達したがクローヴァスは果てることはなかった。埋めこまれた雄杭はまだ硬く、熱いままである。

「はぁっ、はぁ……」

絶頂感に包まれ、サニアは肩で息をする。すると、クローヴァスが片手をサニアの下腹部に伸ばした。

「……？　な、なにを……っ、ふあっ！」

彼の指先がサニアの蜜芽を捕らえる。

「あっ、ああっ、駄目っ、あ……」

「挿れられたままここに触られると、たまらないだろう？」

指の腹でぐりぐりと押しつぶされた。達したばかりで腫れたように大きくなった花芯は強すぎる快楽を享受する。

「ひぁん、あっ！」

「何度でも気持ちよくなってくれ」

「あっ、あぁ――」

クローヴァスが再び腰を動かし始めた。抽挿と同時に蜜芽を弄ばれると、簡単に高みへと押し上げられてしまう。

「はぁっ、ん！　あっ、あぁあ……！」

快楽が止まらない。何度も何度もサニアは達してしまい、小刻みに身体が震えた。飛沫《しぶき》が上がりシーツに染みが広がっていく。

「君はなんて愛くるしいのか。サニアちゃん……いい匂いだ。ああ、愛している」

クローヴァスはくんくんと鼻を鳴らしてから、震える背中にキスをする。

激しく穿たれ、ようやく彼が雄液を放った時、サニアは自分が何回絶頂を迎えたのか覚えていなかった。

身体は汗と体液でべとべとになっていた。クローヴァスが湯浴《ゆあ》みの準備をメイドにさせた

ので、サニアは朝から身体を清める。

(こんな時間からお風呂なんて、とても贅沢だわ……)

激しい運動で疲れてしまったけれど、温かい湯に浸かれば元気が湧いてくる気がした。

そして、二人で遅めの朝食をとる。昨夜言われた通り、厚切りのベーコンが用意されていた。朝から肉なんて重すぎると思っていたけれど、運動をしたせいかとても美味しそうに見える。

「先触れは出しておいたから、昼過ぎに領主殿の屋敷に向かおう。……大丈夫だ、俺に任せておけ」

「は、はい」

クローヴァスがとても頼もしく、彼がいるだけで心強い。領主との契約がどうにかなるだけでなく、ずっと恋い焦がれていた彼と恋人になれるなんて、夢みたいだった。

(こんなに幸せでいいのかしら?)

サニアは今までの人生で一番の幸せを感じる。

——しかし、そう上手くいくはずがなかった。


領主の屋敷を訪れたサニアとクローヴァスは応接室に通された。

孤児院の応接室とは全然違う。室内にはごてごてとした調度品ばかりで、どれも高そうだけれど統一感がなく、品を感じられない。

待つこと数分、二人の前に現れた領主はとても不機嫌そうだった。

「貴様ら、今が収穫祭前だとわかっているのか？　ワシは忙しい。二人揃《そろ》って一体なんの用だというのだ、まったく。手短に済ませてくれ」

領主の高圧的な態度にサニアは萎縮してしまう。しかし、クローヴァスは堂々としていた。

「孤児院のある土地を牧場にする予定だと聞いた」

彼は本題を切り出す。すると、領主の顔色が変わった。

「――ッ、それがどうした。そういう話があってもおかしくはあるまい？　土地活用の話など、騎士団長殿の耳には届かないだろう？」

早口でまくし立てる領主の様子は明らかにおかしくて、サニアは猜疑心《さいぎしん》を抱く。

「あの土地は牧場にはできない。国境付近の土地は戦争で踏み荒らされただろう？　今や雑草すら生えない有様だ。乾ききった土に砂埃が舞い、牧場なんて造れるような場所ではない。家畜の餌になる牧草なんて生えやしないぞ」

「あ……！」

サニアははっとする。

確かに砂埃が酷くて、洗濯物を取りこむ際はいちいち払い落とす必要があった。孤児院の庭に畑を作ろうとしたこともあったけれど、土が悪くてとても作物が育たずに断念した過去もある。

いくら広くても、そんな土地に牧場を造るなど到底無理な話であった。牧草が育たなくては家畜も飼えない。

（よくよく考えればわかることなのに、子供たちのことで頭がいっぱいで気が回らなかったわ……）

サニアは自分が情けなくなる。

領主はといえば、非を認めようとしなかった。

「そ、そういえば、牧場というのはワシの勘違いだったかもしれんな。あそこに造るのは牧場ではなかったかもしれん。ワシも忙しくてな」

明らかに嘘をついているような態度だ。どう収拾をつけるのかとクローヴァスを横目で見れば、彼は厳しい表情のまま領主を問い詰める。

「だとしても、あの孤児院を取り壊すことは不可能だ。領主の仕事に孤児院の管轄もあるだろう？　あの孤児院を壊すことを陛下は知っているのか？」

「なぜ陛下が出てくる！　辺境の孤児院のことなど、わざわざ陛下の耳に入れるようなことではない」

「いや、陛下も関係してくる。なぜならば、あそこに孤児院を造ることは隣国との取り決めだからだ」

「は？　隣国と……？」

陛下に続いて出てきた隣国という単語に、領主が目を丸くする。

（取り決め？　それって、どういうこと？）

サニアも初耳である。

「なぜあんな街外れに孤児院が造られていると思う？　普通は街の中に造るべきだろう。……そして、実は隣国でも同じような場所に孤児院がある。そうしようと互いに決めたからだ」

クローヴァスは大きな溜め息をつく。

「隣国とは平和協定を結んでいるが、もし戦争が始まった場合、最初に襲撃されるのは国境に一番近い建物である孤児院だ。サニアもそれは心得ているだろう？」

「……はい、そうなりますよね」

孤児院は街外れにあり、国境に一番近い建物である。もし敵が攻めてきたならば、真っ先に襲われるだろう。そんなことは言われるまでもなく、わかっている。

なんでこんな危ない場所に……という疑問は常々抱いていた。とはいえ、親がいない子供たちなら文句を言わないだろうという理由で、辺鄙《へんぴ》な場所に建てられたと思っていたのだが――。

「末端の騎士たちは戦争など望んでいない。我々は陛下に忠誠を捧げ、国を守るために存在するが、非力な女子供に剣を向けることを決してよしとはしない。辺境の孤児院は、まかり間違って戦争が始まりそうになった時に、誇り高き騎士を踏みとどまらせる役割がある。我が国にも、そして隣国にも……砦街の外れに孤児院がある限り、戦争は起こらない」

クローヴァスは淡々と語った。

(あの孤児院に、そんな意味があったなんて)

知らなかった事実にサニアは衝撃を受ける。

たまたま街外れに孤児院が建てられたのだと思っていた。まさか、そんな経緯があったとは衝撃的である。

それは領主も初めて知ったようで、驚いた顔をしたあとに笑い声を上げた。

「ク……ハハハハハ！　なんだそれは！　国を守るのは貴様ら騎士の仕事だろう！　蓋を開けてみれば、親のいない子供を楯《たて》にしていたというわけか！」

「侮辱しないでいただきたい。我々は昼夜を問わず国境を見張っているし、国境線の見回りもしている」

「なにを言うか、孤児院を生贄《いけにえ》にしておいて！　おい、サニア。いざ戦争が起ころうものなら、真っ先に殺されるのは貴様らだ」

領主が悪辣《あくらつ》な笑い声を出す。

すると、クローヴァスがテーブルを叩《たた》いた。大きな音に、サニアも領主もびくりと肩を跳ね上げる。

「領主殿は我々騎士のことを、人を殺す兵器とでもお思いか？　俺たちにも人の心がある。確かに戦争では敵国の兵士たちを斬り殺した。だが、陛下の命令であれ、罪のない女子供には手が出せない。我が国も、隣国の騎士もそうなのだとあの戦争で学んだ」

彼の声色には怒気が孕んでいる。

「あの戦争だが――我が国と隣国には何度も勝機があった。前線が押している際に川に毒を流すなり、街に火をつけるなりすれば、一気に敵陣に攻めこめただろう。だがそれをせず、延々と国境付近で争うだけだった。……国のためとはいえ、戦う意志のない民を殺した瞬間、人間でなくなる気がしたからな。敵も味方も、あそこにいた騎士たちは全員そうだった」

初めて知る事実にサニアは言葉を失う。

(優秀な騎士たちが敵兵を押しとどめてくれたと思っていたけど、実際は機会があっても攻めこまれなかったということなの？)

戦時中のことを思い出す。確かに街の中にいたサニアは戦火に怯えた記憶がなかった。

「我が国にしかない資源、隣国にしかない資源がある。奪えば国はより栄えるだろう。それがきっかけで始まった戦争だが、我が国も隣国も戦争に向いていない。安全な場所にいて、騎士としてあの場にいなかった領主殿にはわからないだろうがな」

「ぐ……っ」

「とにかく、砦街の外れに孤児院がある限り、我々も隣国の騎士も、互いに戦争は起こさないだろう。長引く戦争の影響で孤児になった子供はたくさんいる。孤児院の存在は騎士の戦意を押しとどめるのだ。二度と意味のない戦争をしないという誓いの証《あかし》として、協議の上であの場所に孤児院を建てている。我が国も、そして隣国も」

サニアはじっとクローヴァスを見ていた。戦争で功績を残したという彼を。そして、おそらく多くの敵兵を倒したであろう彼の手を。

孤児院が辺境に造られた理由はとても衝撃的だった。多分、マザー長は知っているのだろう。もしサニアがそれを聞いていたら、騎士たちに対して悪い印象を抱いていたかもしれない。

しかし、クローヴァスは休みのたびに孤児院に顔を出してくれた。それどころか、多額の寄付までしてくれる。

善意かと思っていたが、贖罪《しょくざい》の気持ちもあったのだろう。寄付だけでなく、わざわざ騎士団長である彼が子供たちに剣を教えてくれたのにも納得してしまう。

クローヴァスが孤児院のためにしてくれたことを、サニアはよく知っている。休みのたびに顔を出してくれたのは、あの孤児院を気にかけてくれたからだ。

(生贄なんかじゃないわ)

戦争の最前線にいたクローヴァスが「孤児院がある限り戦争は起こらない」と言っている

のだ。サニアはそれを信じる。

(あの時だって敵の騎士たちは街の中までは攻めてこなかったもの)

戦争中に安心して川の水が飲めたのも、夜間の火攻めに怯えることがなかったのも、騎士たちの心に誇りがあったから。

孤児院は生贄ではない。二度とあのような戦争を起こさないという重要な役目を担って、あそこに建っているのである。

「そういうわけで、あの孤児院については領主殿の一存でどうにかなる問題ではない。孤児院を守る代わりにサニアに愛人になる約束をとりつけたようだが、無効ということでよろしいか?」

これで話は終《しま》いだと言わんばかりにクローヴァスが告げる。

しかし、領主は再び笑い声を上げた。

「くっ……くくくく!　まさか口頭で約束をしただけだと思ったのか?」

「なに?」

「ワシがサニアと結んだのは契約だ。その女はきっちり契約書にサインをしたぞ」

「なんだと?　サニア、それは本当なのか?」

クローヴァスの顔色が変わる。

「は、はい。契約書にサインをしました」

昨日サニアは「領主の愛人になる約束をした」と言ったものの、契約書にサインしたとは明言していなかった。まさか、とんでもないことをしてしまったのだろうか？

「内容は『ワシの愛人になれば今後この地に牧場を造る許可を出さず、孤児院を取り壊さない』というものだ。もともと取り壊せなかろうが関係ない。サニアがワシの愛人になるという契約を結んだのが重要なのだ」

「……ッ」

クローヴァスが眉根を寄せる。

「騎士団長殿なら契約書の持つ意味がわかるだろう。どんな背景があるにしろ、ワシは契約書の内容を守る。そして、サニアもまた愛人になるという契約を守らねばならんのだ。それを破るということは法律に反するからな」

「法律……？」

サニアが小首を傾げる。すると、クローヴァスが補足してくれた。

「戦後の混乱で多くの詐欺事件が起き、契約書についての法律が整備された。正式な契約を結んだ場合、契約を破れば刑罰の対象になる」

「その通り。契約書を読んで自らの意志でサインしたのはサニアだ。どうにもなるまい。それともサニア、お前は愛人になるより犯罪者として牢《ろう》に入るほうがいいか？　子供たちと会えなくなるぞ？」

領主は勝ち誇った笑みを浮かべる。クローヴァスはぐっと奥歯を噛みしめていた。

「なんだその顔は？　貴様、まさかサニアと恋仲だったのか？　……ハッ、生意気な貴様の女を寝取るのも悪くはない。たっぷりワシが仕込んでから返してやろう」

粘ついた視線を向けられサニアは怖気立《おぞけだ》つ。

（私が浅はかだったから……）

後悔したが、もう遅い。

たとえ契約書の法律を知っていても、孤児院の成り立ちを知らないサニアは子供たちのためにサインをしていただろう。

（嫌だけど……仕方ない）

天国のような一夜から一転して、サニアは再び地獄へと身を投じる。

諦めが顔に滲むと、クローヴァスがおもむろに立ち上がり、剣に手をかけた。

「領主殿の言う通り、サニアは俺の女だ。そして、騎士の誇りにかけ女子供には手を出さないが、卑劣な下種《げす》を処分するのは話が違ってくる。惚れた女一人守れないくらいでは男が廃《すた》るからな」

そう言いながら、彼が鞘《さや》から剣を引き抜く。よく研がれた鈍色《にびいろ》の刃《やいば》が鋭く光った。領主の顔が青ざめる。

「ヒッ！　いくら戦争の英雄とはいえ、ワシを殺せばただではすまんぞ！」

「だろうな。だが、貴様にサニアを汚されるよりはましだ。なあ、領主殿。ご自身の評判を知っているか？　英雄である俺の証言と、死んで口なしになった領主殿、陛下はどちらを信じるだろうな？」

剣をかざし、クローヴァスが領主に脅しをかける。本当に殺してしまいそうな覇気があった。

「クローヴァスさん、駄目です。やめてください！」

サニアは咄嗟に彼を止める。

確かに領主は悪辣非道な男だが、だからといって殺していいわけではない。元はといえばサニアの責任だ。そのせいで騎士である彼に人殺しをさせるなど絶対に嫌である。

「そ、そうだ。よく考えろっ！」

「では、妥協案を出してみろ。内容によっては考えてやる」

剣の切っ先を領主に向けながらクローヴァスが告げた。

「ぐっ……」

領主は息を呑む。そして少しなにかを考えたあと、静かに口を開いた。

「……わかった。今度の収穫祭で、騎士たちの模擬戦があるだろう？　そこに貴様に出てもらう。そして、ワシの用意した騎士と戦ってもらおう」

「……ほう？」

「ワシの用意した騎士が勝てばサニアはワシの愛人とし、お前が勝てば愛人契約は破棄する。それでいいか？」

「わかった。ただし、その旨しっかりと契約書に残させてもらおう」

クローヴァスはそう言うと剣を収めた。

「もちろんだ。契約書を作成するから待っていろ」

領主が応接室から出ていく。クローヴァスはソファに深々と腰を下ろすと、ふうと大きく息を吐いた。

「まさか、契約をしていたとはな」

「ちゃんと言ってなくて、すみません……」

「いや、いい。契約に関する法整備は商人や貴族の間で話題になったが、庶民にはあまり馴染みがないからな。そもそも、君なら契約書の重みを知っていても、子供たちのためにサインしていただろう？　……しかしあの領主、ここまで下種だったとは」

彼はうんざりしたように首を振る。

「本当に斬るつもりはなかった。だが、サニアちゃんが俺を止めようとしてくれたのは嬉しかった。ありがとう」

「……っ、いいえ、私が悪いのですから。でも、どうして領主様はそこまでして私を愛人にしたがるのかしら？」

サニアは疑問符を浮かべる。

自分は胸も小さく、魅力的な身体をしているとは思っていない。そこまで領主と親しくした覚えもないので、執着される理由がわからなかった。

「サニアちゃんは世界で一番愛らしいからな」

クローヴァスはきっぱりと告げる。サニアは思わず赤面した。

「なっ……」

「それに、奥方が出ていかれてからというもの、領主殿はかなりの頻度で娼館《しょうかん》に通っていたが、問題を起こして出禁を食らったようだ。娼館の後ろにはならず者の組織がついているからな、領主殿も逆らえなかったんだろう。そのあとも様々な女性に手を出そうとして上手くいかなかったという噂を聞いたことがある。最近、領主殿が大人しくなったと耳にしたばかりだが、まさかサニアちゃんに目をつけていたからだったとは……」

騎士団長のところには様々な情報が入ってくるようだ。そんな背景があったのかと目を丸くする。

「簡単に騙《だま》せそうだったから、サニアちゃんを狙っていたんだろう。それにサニアちゃんが我慢する性格だから、娼館を追い出されるような傍若無人ぶりも許されると思っていたに違いない。最近変な趣味にはまったと噂だが、なにをするつもりだったんだか」

あきれ顔をしながら、クローヴァスはサニアの頭を優しく撫でる。

「ともあれ、なんとかなりそうだ。領主殿のことだから、もっととんでもない条件をつきつけてくると思ったが、まさか剣での勝負とはな。俺を負かせるような伝手《つて》でもあるのかもしれん。どうにかして俺に恥をかかせたいんだろう」

「クローヴァスさん相手に剣での勝負なんて、おかしいですよね。あの領主様が勝算のない戦いを持ちかけることはないと思いますし……」

サニアは不安になってしまう。自分が領主の愛人になるよりも、彼の名誉のほうが心配だった。

しかし、彼は一笑に付す。

「心配するな。どんな罠《わな》を張られようと大丈夫だ。なにせ、戦争を戦い抜いた騎士だからな。絶対に君を守ると約束しよう」

クローヴァスはサニアの手をとると、誓うように手の甲に口づけを落とす。

「安心してくれ、サニアちゃん」

熱い視線を向けられる。しかし、サニアは思わず吹き出してしまった。

「……っ、ふふっ、ふふふ……。す、すみません。ふふっ」

一度笑ってしまうと止まらない。口元を手で押さえて肩を震わせる。

「いきなりどうしたんだ、サニアちゃん？」

「すみません。真剣な話をしているのに、私をサニアちゃんと呼ぶのが面白くて……」

領主の前ではサニアと呼んでいたが、二人きりになった瞬間にサニアちゃん呼びである。

そのことがとてもおかしく思えてしまった。笑っている場合ではないのに吹き出してしまう。

「真面目《まじめ》な話をしている時だって、サニアちゃんはいつも愛くるしいだろう?」

「……っ!」

クローヴァスが真顔で言うものだから、サニアは自分の頰が赤くなるのを感じた。

ここは領主の屋敷の中——いわば敵地だ。照れている場合ではないのに、なんだか胸がくすぐったい。

(今、領主様が戻ってきたら大変だわ。こんな顔は見せられない……!)

サニアは自分の両頰に手を当てて顔を引きしめようと深呼吸する。

それからしばらくあと、ようやく火照りが落ち着いた頃に領主が応接室に戻ってきた。手には契約書を持っている。

「これでどうだ」

差し出された契約書をクローヴァスが手に取った。サニアは横から覗きこむ。

(こんな短時間でこれを作ったの……?)

領主はどうしようもない女好きだが仕事はできる。だからこそ、評判が悪くても国境の領主として君臨しているのだ。

(ええと、内容は……うん、問題なさそうね)

収穫祭でクローヴァスと領主の用意した騎士が模擬戦をし、クローヴァスが勝てばサニアと領主間の契約は破棄、領主の用意した騎士が勝てばクローヴァスは領主とサニアの関係に口を出さず、金輪際サニアに近づかないという内容が書かれている。

クローヴァスは難しい顔をしながら、しっかりと契約書に目を通していた。そして、ある一文を指さす。

「条件はわかった。だが、これはなんだ」

「え？　……あ！」

見落としてしまいそうなほど、さりげなく挟まれた文章にサニアは目を瞠る。そこには「収穫祭までの間、サニアは領主の屋敷で過ごす」と記載されていた。

「サニアは景品だ。収穫祭後はワシのものになるというのに、それまでの間にお前に手を出されたらたまらん。種を仕込まれでもしたら楽しめるものも楽しめなくなる。ワシの目の届くところで管理させてもらうのが筋だろう？」

「管理って……」

サニアは絶句した。景品だの管理だの、人間に対して使う言葉ではない。領主はサニアを人間として尊重していないのだろう。なんだか胸がもやもやする。

「駄目だ。孤児院は収穫祭の準備で忙しい。サニアがいなくなったら、残されたマザーが倒れてしまうかもしれないぞ。他のマザーたちがご高齢なのはわかっているだろう？」

「フン、ならばうちのメイドを行かせてやる。そうだな……三人くらい出してやろうか」

「えっ、三人もですか？」

サニアがいなくなったとしても、代わりに三人も手伝いに来てくれるのなら孤児院はとても助かるだろう。思わず身を乗り出してしまう。

収穫祭の前はとにかく忙しい。準備をしながら少ないマザーたちだけで子供たち全員に目を向けるのはとても難しかった。この屋敷でメイドをしているなら、ある程度の仕事はできるだろうし、人が増えるのはいいことである。

(私が戻るよりも、メイドさんを三人出してもらったほうが孤児院にとって好都合だわ)

サニアはじっとクローヴァスを見上げる。

「サニア、まさか……」

「私はこの条件、悪くないと思っています。ただ、私もこの屋敷で収穫祭に向けての仕事をさせてください。具体的に言えば、バザーで出す作品の材料と裁縫道具を用意してほしいです」

「いいだろう、ワシは寛容だからな。そのくらいいくらでも用意してやる。マザー長にはサニアにしかできない仕事を手伝ってもらうことにしたとでも伝えておこう。余計な詮索をされても困るからな」

サニアと領主の間でどんどん話が進んでいく。しかし、クローヴァスは冷静だった。

「領主殿。収穫祭での勝負が決まるまで、領主殿はサニアに指一本触れないと明記してもらいたい。もちろん、孤児院にメイドを送ること、サニアが要求した品を用意することもだ。それを破れば、模擬戦をするまでもなく俺の条件を飲むということもな」

「ぐっ……。……フン、よかろう」

そう答えた領主の様子が少しだけ悔しそうで、サニアはぞっとする。

（クローヴァスさんが条件を出さなかったら、私はなにかされていたかもしれないの……？）

愛人契約は収穫祭のあとの予定だった。領主の家に滞在しようと、それまでは手を出されることはないだろうと思いこんでいたが、それは楽観的すぎたようだ。

領主は頭がいい。サニアを上手く言いくるめて、収穫祭前に手を出そうと考えていたのかもしれない。

サニアは不安げにクローヴァスに視線を送る。すると、彼は横目でサニアを見て小さく頷いた。大丈夫だ、任せておけという声が聞こえてきそうである。

（クローヴァスさんがいてくれて本当によかった……）

彼はとても頼もしい。騎士団長という立場の彼は、ただ剣を握っているだけではなく、こういった場数も踏んでいるのだろう。

そのあともクローヴァスは契約書を確かめながら、領主と話を詰めていく。

サニアなら絶対に見落とすだろう細かい条件まできっちりと指摘し、契約書が完成した。

そこにクローヴァスと領主、そして関係者としてサニアもサインをする。

「これで契約は済んだが、収穫祭までもう時間がない。模擬戦とはいえ俺は手加減するつもりはないが、あてはあるのか？」

クローヴァスが領主に訊ねた。

「フン、お前が心配するようなことではないわ！　収穫祭で大勢の部下たちの前で負けることになるのだ。恥ずかしくてもう騎士団長など務められなくなってしまうかもしれんな？　今のうちに今後の身の振りかたでも考えておけ」

そう答えた領主の様子は、決して強がっているようには見えない。クローヴァスを打ち負かす自信があるのだろう。

(模擬戦での勝負を持ちかけたのは領主様のほうからだわ。勝算はあるのだろうけど……その根拠が謎よね)

領主の考えることなどサニアにはさっぱりわからない。クローヴァスを信じるしかないだろう。

クローヴァスはといえば、自信満々の領主を見ても動揺していないようだ。彼も絶対に負けないという自信があるらしい。

「……では、メイドの手配を。いつまでもサニアが帰らなければ、孤児院のマザーたちも困るだろう」

「わかった」

領主が呼び鈴を鳴らす。それからしばらくして、屋敷に勤めるメイドたちが集められた。大きな屋敷に仕えるメイドといえば、高齢から若年層まで様々なはずである。しかし、この屋敷のメイドは若く美しい女性だけだった。

しかも全員胸が大きい。領主の趣味がありありとわかってサニアは辟易《へきえき》する。

収穫祭まで孤児院で働いてほしいと伝えれば、その期間中の給金もきちんともらえるのならば……と、全員が行きたがった。これだけの数のメイドがいるならば、屋敷での仕事のほうが絶対に楽そうである。それでも孤児院に行きたがる様子を見て、領主はよほど嫌われているのだろうと感じた。

結局、サニアが三人を選ぶこととなる。メイドたちの性格はわからないが、なんとなくマザーや子供たちと相性のよさそうな雰囲気のメイドを選んだ。

その間、領主はマザー長にサニアを屋敷で預かることについて書状をしたためたようだ。さすが手際がいい。性格だけどうにかなれば有能なのにと残念に思ってしまう。

そんなこんなで、クローヴァスは孤児院にメイドを送り届けるついでに屋敷を出ることになった。もちろん、サニアはこの屋敷に残るという契約である。

「クローヴァスさん、そしてメイドさん。子供たちのことを、どうかよろしくお願いします」

見送りの際、サニアは深々と頭を下げた。

「なにがあったか知らないけど、子供たちのことは任せてね」

「そうそう。まったくあの領主ときたら、次から次へと色々やらかすんだから。この前なんか娼館の偉い人が来て大変だったのよ。お金を払って黙らせたみたいだけど」

「どうせ、あなたもろくでもないことに巻きこまれたんでしょう？　ご愁傷さま。とりあえず、孤児院のことは任せてちょうだいね。私たちは子供のいるお屋敷に勤めたこともあるから大丈夫よ」

メイドたちがサニアに声をかけてくる。

どうやら、あの領主は今までも問題を起こしていたらしい。

「サニア」

クローヴァスがサニアの手を取った。

「心細いかもしれないが、収穫祭までの辛抱だ。俺を信じろ」

「ありがとうございます。私が戻らないことで子供たちが心配するかもしれませんが、どうか子供たちを……」

「大丈夫だ、上手く言っておく。こういう時でも君は自分より子供たちを案じるんだな。サニアらしいが、もう少し自分を大切にしてくれ」

　クローヴァスは跪いてサニアの手の甲に唇を落とす。騎士の忠誠のキスだ。見ていたメイドたちが「きゃあ」と黄色い声を上げる。

「ク、クローヴァスさん！　こんな人前で……！」

「どうせ結婚するんだ。このくらい人目を気にすることないだろう」

　クローヴァスは堂々と言い切った。メイドたちは興味津々な眼差しをサニアとクローヴァスに向ける。孤児院までの道中、彼は質問攻めにされるのではないだろうか？

「では な、サニア」

「ええ」

　去りゆくクローヴァスたちの背中を見送る。姿が見えなくなるまでサニアが立ち続けることがわかっているのか、彼は何度も振り返ってくれた。自分を気にかけてくれていることが伝わってきて胸が温かくなる。

　そして、サニアは客室に通された。とりあえずは丁重にもてなしてもらえるようだ。領主の屋敷の客室とあって、広くて綺麗である。

　とはいえ、部屋の前に見張りがつくらしい。メイドではなく領主に従順な男性の使用人のようだ。

（逃げ出すつもりはないけど、わざわざここまでする必要があるのかしら？）

　部屋の前に男性がいると落ち着かない。

けれど、今自分がやるべきことは一つ。収穫祭の準備だ。

出ていった奥方は刺繍が趣味だったようで、裁縫道具や布はすぐに用意してもらえた。布はもちろんのこと、糸さえも孤児院で使っていたものと全然違っていてサニアは驚く。

(この糸、光沢があって色も鮮やかだわ。毛羽立ってもいない。一体いくらするのかしら？)

安物と高価なものではここまで質に差があるのかと感心しながら、サニアはすぐに作業に取りかかる。この布と糸でバザーに出す品を作れば、そこそこいい値で売れるだろう。孤児院の子供たちにちょっとしたごちそうを食べさせることができるかもしれない。

(布もたくさんあるし、ハンカチだけじゃなくて小物でも作ろうかしら)

サニアはすぐに刺繍に取りかかった。

昨夜から激動の一日だったと思う。あまりにも色々ありすぎて、まるですべてが夢みたいだ。

ただ、この身体に残った熱の余韻が紛れもなく現実だったのだと……クローヴァスに愛されたのだと教えてくれる。

サニアは抱きあうことを知ってしまった。

(あんな恥ずかしいこと、好きな人としかできない。だけど、万が一の際には――)

慰み者になるくらいなら自ら命を絶つなんて高潔さをサニアは持ち合わせていない。親を失った子供たちと一緒に暮らし、孤児院のマザーとして子供たちの親代わりをしているのだ。命の重みを知っているからこそ選択肢に自死はない。

騙される形だったとしても、契約書にサインしたのはサニア自身である。愛人にならなくて済む可能性があるのは、すべてクローヴァスのおかげだ。それが駄目になったところで、その時はその時である。大人しく領主の愛人になるだけだ。

(でも、騎士団長であるクローヴァスさんがみんなの前で負けるのは、あまりよくないわ)

模擬戦とはいえ、国境を守る騎士団長の敗北は騎士団員の士気にも関わるだろう。

サニアのためではなくクローヴァスの誇りのために、なによりこの国のために彼には勝ってほしい。

(私はなにもできないけど、くよくよしているだけではいられない。祈ったところでどうにもならないわ。私は孤児院のマザーとして自分の仕事をしないと)

サニアは布に針を通す。収穫祭は浮かれている人が多いので、派手なものが売れる傾向にある。見ている人の目を引くように、鮮やかな色使いを心がけて作っていく。

サニアは与えられた部屋から出られないものの、クローヴァスの契約のおかげで領主になにかをされるわけでもなく、平穏無事にその日を終えることができた。

翌日もサニアは部屋でバザーの売り物作りに励んでいた。

部屋は広くて綺麗だし、布団もふかふかして温かいし、美味しい食事を部屋まで運んでもらえる。洗い物をする必要もない。まさに好待遇である。

クローヴァスが負けたら悲惨な未来が待っているとはいえ、孤児院のみんなに申し訳なく思ってしまう。

(子供たちに会いたいな)

いい部屋で寝られて、美味しい食べ物を与えられても、孤児院での質素な暮らしが性に合っていた。贅沢はできないけれど、子供たちと過ごす時間は何物にも代えがたい。

収穫祭の日が来るのは怖い気もするが、それでも、早く来てほしいと願う自分がいた。

(収穫祭まで、あと十日くらいね)

例年なら忙しすぎて、時間が足りないと感じるくらいだ。バザーに向けて一生懸命品物を作っているけれど、それ以外の仕事がないぶん、一日を長く感じてしまう。

子供たちの邪魔が入らないこの環境では、集中して多くの品物を作ることができた。気がつけば日が落ちようとしていて、空が橙色《だいだいいろ》に染まっている。

(早く子供たちに会いたい。……クローヴァスさんにも)

毎日顔を合わせていた子供たちはともかく、クローヴァスと会えるのは今までも週に一度だけだった。昨日一緒にいたばかりなのに、もう彼の顔が見たくて仕方ない。恋が叶った途端、どんどん欲が増していく気がする。

(結ばれただけでも身にあまる幸せなのに、もう会いたいだなんて……)

自分のことながら呆れてしまう。溜め息をつけば、部屋の扉がノックされた。

「はい、どうぞ」

夕飯にしてはまだ早いと思いながら返事をすると、ずいぶんと渋い表情の執事が入ってきた。

「サニアさん、玄関ホールまでお越しください」

「えっ？　わかりました。……まさか、子供たちが訪ねてきましたか？　それとも、孤児院でなにか問題がありましたか？」

玄関ホールに呼ばれるということは、サニアに来客が訪れたのだろう。寂しくなった子供たちが来るのならまだしも、孤児院で大きな問題があってサニアを呼びに来たのではないかと不安になる。

「行けばわかります」

執事の表情は硬い。はやる気持ちを抑えつつ、執事の後ろについて玄関ホールまで向かう。

しかし、そこにいた人物の姿にサニアは目を丸くした。

「クローヴァスさん？」

「やあ、サニア」

いつものように爽やかな笑顔でクローヴァスが片手を上げた。そのすぐ側で、領主がこれまた眉間に深い皺を刻んで立っている。

「一体どうしたんですか？　孤児院でなにかありましたか？」

サニアは小走りで駆け寄る。

「ここに来る前に見てきたが、孤児院の様子は大丈夫だ。子供たちはサニアがいないことを寂しがっていたが、新しい遊び相手が三人も増えたことに喜んでいる」

「そうですか」

孤児院に問題があったわけではないとわかり、サニアはほっと胸を撫で下ろす。

「それでは、どうしたんです？」

「どうもこうもない。君の顔を見に来ただけだ」

「え？」

「今日も愛らしい顔をしている」

クローヴァスはサニアの長い髪を一房手に取ると、ちゅっと口づける。……そう、不機嫌な領主の目の前で。

「なっ……！　クローヴァスさんっ？」

人前だし、そもそもここは領主の屋敷だ。こんな場所でなにをするのかとサニアは動揺してしまう。

「もういいだろう。帰れ！」

領主がクローヴァスに向けて、追い払うように手を振る。

「まだサニアと話をしていない。領主殿の条件を飲んで、サニアをここに滞在させているんだ。俺には毎日サニアの様子を確認する権利がある。それに、契約書のどこにもここに来てはいけないと書かれてはいなかった」

クローヴァスは飄々《ひょうひょう》とした態度で言ってのける。

「サニア、なにもされなかったか？　困っていることはないか？」

「ええ、大丈夫です。逆によくしてもらって、戸惑うくらいです」

軟禁状態とはいえ、サニアにしてみればかなりの好待遇だ。

しかも、支給された布と糸は一級品である。孤児院にもメイドを行かせてくれたし、文句などあるはずもない。

「そうか、なら安心した」

彼の柔らかな微笑みにサニアの胸が高鳴る。あの夜、とろけそうな甘い笑顔をいっぱい見たはずなのに、改めてときめいてしまった。

「明日も孤児院に顔を出してから、ここに来る。孤児院の様子も気になるだろう？」

「……！　ありがとうございます、クローヴァスさん！」

孤児院の様子を聞けるのは嬉しい。サニアの表情がぱっと輝く。

「でも、毎日孤児院とここに顔を出すだなんて、クローヴァスさんに手間をかけてしまうのではないかと……。収穫祭に向けてなにかとお忙しいでしょうし、模擬戦だって控えているのに」

「サニアの役に立てるだけで嬉しいし、君の顔を見られたら、それだけで疲れが吹き飛ぶ」

「クローヴァスさん……」

サニアとクローヴァスが見つめあう。その横で、領主が大きく咳払いをした。

「ンンッ！　貴様ら、いい加減にしろ。もう帰れ！」

そんなサニアたちの様子を、メイドたちが遠くから面白そうな表情で覗き見していた。視線が集まり居心地が悪くなる。クローヴァスに会えたことは嬉しいが、見世物みたいでいい気分はしない。

「クローヴァスさん、そろそろ……」

「ああ、そうだな。なにか孤児院に用はないか？」

「……！　そうだ、私の作ったバザー用の品物を渡していただけませんか？　値札をつけたりとか、色々事前の準備があると思うので」

「わかった」

サニアは客室に戻ろうとする。執事がついてこようとしたが、メイドの一人が前に出てきた。

「部屋に戻られるのでしたら、私がお供します」

　すると、執事が譲るように一歩後ろに下がった。不機嫌そうな執事と行くより、興味津々な表情の彼女と一緒に歩いたほうがましである。

　領主がなにやら執事に耳打ちしているのが気になったが、クローヴァスを待たせるわけにもいかないので部屋に急いだ。もちろんメイドからは質問攻めである。

　隠すことでもないし、サニアは簡単に経緯を説明した。

「えええっ、騎士団長様と模擬戦？　あの人は戦争の英雄でしょう？　そんな人に勝てるような伝手があるとは思えないけど……あっ、そういえば、近々大切な来客があるって聞いたわね」

「大切な来客？」

「ええ、収穫祭にあわせて隣国からいらっしゃるみたい。丁重にもてなせって言われてるわ」

「隣国から……」

　サニアはなんだか嫌な予感がする。しかし、どういう相手だろうとクローヴァスの勝利を祈るしかない。

　客室に戻ったサニアは作り上げた品物を持つと、再び玄関ホールへと戻った。クローヴァスと領主は無言で立っていたが、とにかく険悪な雰囲気である。

「クローヴァスさん、これをお願いします」

「ああ、確かに受け取った。……見事な刺繍だな。全部俺が買いしめたいくらいだ」

サニアが作った小物やハンカチを見てクローヴァスは目を細める。

「では、明日もまた来る」

「……はい！」

クローヴァスは領主に形式的な挨拶をして帰っていく。サニアは再び客室へと戻ることになるが、胸がほかほかしていた。

(収穫祭まで会えないと思っていたのに)

彼が会いに来てくれたことがとても嬉しい。

それに、クローヴァスが毎日確認に来るのならサニアも悪い扱いは受けないだろう。それを見越して、牽制《けんせい》のために顔を出しているのかもしれない。孤児院の様子も見てくれるし、彼は本当に頼りになる。

(そんな人が、私の恋人だなんて)

またもやメイドが一緒についてきてくれたが、歩きながらサニアの頬がゆるんでしまう。からかわれながら部屋に戻ると、室内に執事がいた。なにかを物色しているようだ。

「えっ……？　あの、どうしました？」

執事と部屋に二人きりになるのは憚られて、ドアを開けたまま廊下から声をかける。

「筆記用具を回収していました。必要ありませんよね？」

「え？　……はい、もちろん。バザーの品物を作る用具があれば十分です」

客室には紙と筆記具が用意されている。けれど、使う必要性がなかったのでサニアは触っていなかった。なくても問題はない。

「また、収穫祭まではいかなる理由があっても、筆記具をお貸しすることはできませんので、ご了承ください」

「は、はい」

サニアは頷く。

(さっき領主様が執事さんにこそこそ話してたのって、このことかしら？)

執事は筆記用具を手に持つとそそくさと出ていく。

どうせサニアはバザー用の品物を作るだけだし、なくなっても特に困ることはないと考えた。

第五章　奸計と収穫祭

クローヴァスは毎日必ずサニアに会いに来てくれた。

孤児院の様子を細やかに教えてくれるから、とてもありがたい。子供たちのことが気がかりなので、みんな元気そうだと聞くとほっとした。

それに、クローヴァスの顔を見られるだけで不安が吹き飛ぶ。領主がサニアに手を出さないよう契約を交わしているものの、彼は不当な扱いを受けていないか確認してくれる。領主の目の前で行われるそれは牽制になるだろう。色々な意味で彼に守られているとサニアは感じていた。

今のところ、ここでの生活はとても快適だ。平和すぎて、模擬戦の結果によっては領主の愛人になることを忘れてしまいそうなくらいである。

（クローヴァスさんは騎士団長だもの、とっても強いはず。……きっと、大丈夫よね？）

穏やかすぎる毎日のせいで、サニアは楽観的に考えてしまった。

――だがそんな平和はまやかしであり、自分が敵陣にいることを痛感することとなる。

ある日のこと、いつものようにクローヴァスに会い部屋に戻ったサニアは、テーブルの上に薄汚れた紙が置いてあることに気付いた。

この部屋に筆記用具はないし、そもそも部屋を出る前には紙なんてなかったはずである。なんだろうと思って手に取ると雑な字で走り書きがしてあり、その内容に目を瞠った。

『今日のスープは飲むな。それと、この部屋の暖炉は隠し通路と繋がっていて、今夜十一時に大きな鼠《ねずみ》が暖炉から侵入してくる。出入り口を塞ぐことはできなかったが、すぐに侵入できないよう仕掛けをしておいた。暖炉から大きな音がしたら暖炉の奥を火かき棒でつつけ。この紙は読んだら細かく破って枕の下に入れておくこと』

「え……？」

紙はざらざらしていて、触れた指先が汚れる。どうやら灰がついているようだ。

サニアはとりあえず暖炉を確認してみるが、いたって普通の暖炉にしか見えない。隠し通路と繋がっているようにも、仕掛けがしてあるようにも思えなかった。

「なにかしら、これ。いたずらとか？」

よくわからない伝言は気味が悪い。しかし、いたずらにしては意図がわからなかった。サニアにスープを飲ませず、暖炉から鼠が出てくると伝えることのどこに面白みがあるのだろう？

それに、紙を汚している灰は暖炉のもので間違いなさそうだ。この手紙を書いた誰かが暖炉に仕掛けをし、その後で書いたから紙に灰がついたというのは筋が通っている。

ただのいたずらに真実味を持たせるために、わざわざ紙を灰で汚すなど思いつくだろうか？

そう考えると、この紙は真実を伝えているような気がした。

（まあ、スープを飲まないくらいで大きな害はないし、一応気をつけておきましょう）

サニアはひとまず紙をポケットにしまう。

そして夕食の際、まずはスープの匂いを嗅いでみた。

「うっ」

顔を近づけると鼻の奥がつんとする。なにかよくないものが入っているのだとわかった。

（あの紙に書いてあったことは本当なの？　じゃあ、大きな鼠って……）

サニアは暖炉に視線を向ける。大柄な人間でも通れそうな大きさだと思うと肌が粟立った。

（まさか、そんな――）

収穫祭が終わるまで、領主はサニアに手を出せない契約になっている。

とはいえ、サニアが気付かなければ話は別だ。例えば薬で深く眠らせてしまえば、なにをされてもわからないだろう。起床して身体に違和を覚えても、意識が混濁していれば領主に襲われたと主張することは難しい。

「……っ」

どうやら親切な誰かが領主の悪巧みに気付き、警告してくれたようだ。

領主は金払いはよくても人望が厚そうには見えない。執事は別として、領主の女好きには大体の使用人が呆れているように感じた。サニアに同情的な眼差しを向けてくる使用人も多い。

（じゃあ今夜、ここに領主様が？）

全身の血の気が引いた。もし気付かずにスープを飲んでいたら大変なことになっていただろう。

一応他のものも匂いを嗅いでみるが、スープ以外は大丈夫そうだ。びくびくしながら食べ進める。砂を嚙んでいるようで味がしなかったけれど、サニアの性分として食べ物を無駄にすることはできず、スープを除いて完食した。

しばらくして、メイドが食器を下げに部屋に来る。今日の当番は以前サニアに根掘り葉掘り聞いてきたあのメイドだった。いつもなら絶対に食べ物を残さないので、スープが手つかずになっているのを見て心配そうに声をかけてくる。

「あら、残すなんて珍しい。身体の調子が悪いの？」

「いいえ、違います。お願いがあるのですが、スープを残したことがわからないように捨てていただけませんか？」

「えっ？　どうしてそんな……って、まさか」

メイドははっとした表情を浮かべたあと、大きな溜め息をつく。もしかしたら、領主は過去にも同じようなことをやらかしているのかもしれない。

「いいわ、私に任せてちょうだい」

「ありがとうございます」

「気にしないで。……あなたも災難よねぇ」

メイドはワゴンに食器を乗せ、その上から手巾を被せる。彼女に任せておけば大丈夫だろう。

サニアはすっかり手紙を信用していた。最悪の事態は免れたようだが、今夜は暖炉から大きな鼠——領主がやってくるのだろう。

契約を交わしているので、サニアが起きている限り手を出してこないはずだ。とはいえ、念のために変な薬を持ってくるかもしれない。無理矢理飲まされて意識が混濁してしまう可能性もある。

それに、この部屋は内側から留め金で施錠することができた。もちろんサニアも就寝時に施錠しているが、そうすると外側から開けることはできない。普通の客人であるサニアが隠し通路の存在を知っているのはおかしく、密室状態で領主に襲われたと主張したところでまともに取りあってもらえないだろう。

（とにかく、領主様をこの部屋に入れてはいけない）

サニアは暖炉の脇にぶら下がっている火かき棒を見つめた。クローヴァスはここにいない。サニアが自分でなんとかするしかないのだ。ごくりと喉を鳴らす。

(どういう仕組みかわからないけれど、暖炉の奥をつつけばいいのよね?)

人間相手に火かき棒を振り回すのは抵抗があるが、暖炉の奥を突くくらいならサニアでもできる。大丈夫だと自分に言い聞かせた。

——その夜、サニアは火かき棒を強く握りしめて暖炉の前で待ち構えていた。時刻はもうすぐ十一時で、一層緊張が高まる。

「……!」

がたごとと鈍い音が耳に届いた。暖炉の裏から聞こえる。じっとりと手汗をかいていたことに気付き、火かき棒を持つ手が滑らないように慌てて服でぬぐった。

暖炉を見つめながら火かき棒を構える。

すると、ガラガラとなにかが崩れる音がした。おそらく、手紙に書かれていた「仕掛け」だろう。薪乗せ台《まき》がぐちゃぐちゃになっている。

サニアはすうっと大きく息を吸ってから、火かき棒を暖炉の奥に突き入れた。

「きゃあああ! 鼠! 鼠が出たのね!」

そう言いながら何度も暖炉に突き入れる。

あの手紙には「大きな鼠」と書かれていた。ならば、そのように振る舞ったほうがいいだろう。いるであろう領主に気付かないふりをして、必死で火かき棒を繰り出す。

「鼠！　このっ！　あっち行け！」

「うぐっ！　がっ」

とても鼠とは思えない声が聞こえてくる。領主の声で間違いないだろう。

暖炉の裏側でなにが起きているのかわからないが、奥をつつくたびなにかが崩れる音がした。手紙の主の仕掛けが働いているようだ。

「きゃああああ！　鼠っ！　怖い！」

あくまでも鼠だとわめきながら火かき棒で応戦する。

孤児院にはたまに鼠が出た。退治には慣れているので、鼠ごときに「きゃあああ」なんてかわいい悲鳴を上げたりはしない。

それでも錯乱しているふりをする。見えないけれど、暖炉の奥からはひっきりなしに鈍い音が響いてきた。

「ひぃぃ……」

格闘していたのはわずかな時間である。しかし弱々しい声と共に、何者かの――否、領主の気配が遠ざかっていった。サニアはほっとして床に座りこむ。

「た、助かったのかしら？」

安堵して腰が抜けてしまった。火かき棒が床に落ちて金属音を立てる。

「はぁ、はぁ……」

危機は去ったが心臓はうるさいくらいにばくばくと鳴っている。

姿が見えない相手を追い返すだけでこんなに気を遣うのだ。相手の顔を見て戦う騎士たちは、どれほどの精神力を持ちあわせているのだろうか？　騎士団長であるクローヴァスのすごさが骨身に沁みる。

「ふぅ……」

数分後、ようやく落ち着いたサニアは立ち上がることができた。火かき棒を拾って元の位置に戻す。

暖炉の裏側がどうなっているのか気になったけれど、そのままにしておくことにした。


その翌日、クローヴァスとの逢瀬《おうせ》の際に顔をあわせた領主にはたんこぶや痣《あざ》ができていた。不機嫌そうな顔でサニアを睨みつけてくるが、不思議そうに小首を傾げればなにも言ってくることはない。

サニアは「火かき棒で鼠を追い返した」だけなのだ。「大きな鼠」と手紙に書いてくれた何者かに深く感謝をする。

それからというもの、サニアは出される食事は必ず匂いを嗅ぐようになった。味がおかしくないか慎重に確認する。

しかし領主もこれに懲りたのか、それともあと少しで収穫祭だからか、怪しい食べ物を提供されることはなかった。

手紙は書かれていた通りに破って枕の下に置いていたら、いつの間にかなくなっていた。親切な人が回収してくれたのだろう。

再び警告の手紙が来ることもなく、気がつけば収穫祭の二日前になっていた。

いつものように顔を出してくれたクローヴァスを見送り部屋に戻る。部屋に入ってドアを閉め、再び刺繍をしようと椅子に腰掛けると、背後から声をかけられた。

「お前がクローヴァスの女だな？」

「……っ！」

サニアは振り返る。部屋の中には誰の気配もなかったのに、いつの間にか見知らぬ男性が立っていた。年はサニアと同じくらいだろうか？　とても若々しい。

クローヴァスとは対照的に、燃えるような赤い髪の毛をしていた。この国のものではない軍服を身に纏い帯剣している。

「あ、あなたは……？」

目の前の男が使用人ではないことは確かだ。そもそも、帯剣は騎士しか許されない。

おそらく、サニアがクローヴァスと顔を合わせているうちに部屋に忍びこんだのだろう。まさか、盗賊の類《たぐ》いだろうか？　盗賊なら違法に剣を持ちあわせている可能性もある。

「そう怯えるな。お前には手を出さねーよ。あのクローヴァスが女に夢中になってるだなんて、どんな女なのか顔を見ておこうと思っただけだ」

彼は品定めするようにサニアを見る。

「……っても、平凡な女だな。顔の作りは悪くねぇが、胸も尻もないじゃないか」

彼の言う通り、サニアの体つきは貧相だ。自覚はあるので、馬鹿にされたところで傷つかない。クローヴァスは自分のどこが気に入ったのかと思うほど、痩せた身体には魅力がないと思う。

サニアは悪口を受け流して、彼に問いかけた。

「どちら様ですか？」

「俺は国境騎士団の副団長レアンドルだ。といっても、この国のじゃないけどな」

「お隣の国のかたですか？」

「ああ」

彼がにやりと笑う。

和平条約を結んだ隣国とは、近年は通行証書の手続きさえすれば簡単に国境を行き来できるようになった。商人たちは毎日のように行き交っている。

しかし、騎士の場合は審査が厳しいようだ。ましてや、国境騎士団の副団長ともなれば尚《なお》更《さら》だろう。立場のある人間が裏から手を回さない限り、よほど特別な事情がなければ入国はできない。

（メイドさんが言ってた大切な来客って、この人のこと？）

気付いたサニアは目を瞠る。

「もしかして、収穫祭でクローヴァスさんと模擬戦をする相手というのは、あなたですか？」

「ああ、そうだ。あいつとは戦争中に決着がつかなかったからな。機会がないか燻《くすぶ》っていたが、伝手を頼って、ここの領主にちょっとばかし融通してもらったのさ」

（そういうことだったの……！）

サニアはなぜ領主があんな条件を持ち出したのか納得した。

もともと隣国の副団長レアンドルをこの国に招く予定だったのだろう。

生真面目すぎるクローヴァスと領主は相性が悪かった。気に食わない騎士団長に恥をかかせてやろうと、レアンドルの入国に力を貸したに違いない。

収穫祭の模擬戦が盛り上がる中、隣国の副団長が飛び入りで登場すれば観衆は沸くだろう。レアンドルはクローヴァスと戦いたいみたいだし、クローヴァスの性格からして、隣国の副団長から指名されれば剣を取る。

領主の中ではそういう筋書きができていたが、今回クローヴァスが契約書の件を持ち出したので、渡りに船とばかりに勝負を持ちかけたのだ。

レアンドルはわざわざ越境してまでクローヴァスと戦おうとしている男である。戦争中も勝負がつかなかったと言っていたので、実力は同等なのだろう。

（領主様はこの人ならクローヴァスさんに勝てると思っているんだわ。でも……）

領主に勝算があることはクローヴァスもわかっている。戦う相手がレアンドルだろうが他の者だろうとが、全力を尽くすだけだ。

「レアンドルさんは、どうして私の部屋にいらっしゃったのですか？」

なぜ彼がサニアの前に姿を現したのか疑問である。

レアンドルの口ぶりからするに、サニアとクローヴァスの関係は知っているのだろう。サニアがどんな女性なのか気になったところで、彼なら気配を消していくらでも観察できるはず。わざわざ名乗りを上げる必要はない。

彼の目的がわからずサニアが訝《いぶか》しげな表情を浮かべると、彼は口を開いた。

「俺は汚い手段を使おうが、戦いってのは勝てばいいもんだと思ってる。……だがそれは、自分で策を考えた場合だ。外野に勝手に手を出されるのは面白くねぇ」

レアンドルはそう言うと、テーブルの上に一枚の葉を置いた。

サニアの見たことがない植物だ。隣国特有の植物かもしれない。メイプルの葉によく似ており、左右対称の四つ股に分かれていた。

「これは、なんでしょうか？」

何気なく手を伸ばすと払いのけられる。

「素手で触るな」

「えっ」

冷たい声で注意されて、サニアは慌てて手を引っこめる。

(まさか、毒草？)

レアンドルの手を見れば、騎士用の白手袋をしている。彼もこの葉を素手では触っていない。

「俺の用件はこれだけだ。どうしようが、お前の好きにしろ」

そう言ってレアンドルは窓を開ける。

「じゃあな」

ひらりと窓から出ていく彼に、サニアは悲鳴を上げそうになった。ここは三階である。窓から飛び降りれば大怪我するだろうし、最悪は命を落とす。

しかし、落下音は聞こえてこない。

サニアが恐る恐る窓の外に顔を出してみると、煉瓦《れんが》の凹凸に足をかけて壁伝いに移動する彼の姿が見えた。かなり身軽である。

レアンドルは彼の客室だろう部屋の窓に消えていった。惨事にならなくてよかったとサニアはほっと胸を撫で下ろす。

しかし、安心している場合ではなかった。サニアは布の切れ端を使って謎の葉を包み、机の引き出しにしまう。

そして、扉の外で見張りをしている使用人に声をかけた。

「すみません、植物の図鑑を用意していただけませんか？」

「植物の図鑑……ですか？」

「はい。刺繍の図柄の参考にしたいのです」

金持ちの屋敷には、これみよがしに読みもしない図鑑がずらりと並んでいると聞いたことがある。ふんだんに色を使って刷られた図鑑はとても高価なので、来客から見える場所に飾ることで、いかに財力があり、教養があるかをさりげなく主張するらしいのだ。見栄《みえ》っ張りな領主の性格からして絶対に持っていると思う。

案の定、使用人に依頼するとすぐに植物図鑑を貸してもらえた。一度も読まれていないのだろう、どの頁《ページ》もぴんとして綺麗なままだ。

サニアは本を傷めないように、丁寧に頁をめくって調べていく。

(四つ股の葉……あった、これだわ)

レアンドルに渡された葉と同じ絵を見つける。説明を読んでサニアは目を瞠った。

「やっぱり、毒草……！」

経口摂取した場合、死に至るらしい。また、この葉を燃やした煙を吸うと身体が痺れる効果があるようだ。ただし、煙の吸引は命に関わらないと書かれている。

(いくらなんでも、毒殺まではしないわよね。騎士団長の殺人だなんて、領主様でも処刑されるはず。かといって、クローヴァスさんだけに煙を吸わせるのは難しいわ)

戦いの前に身体を痺れさせて負けさせる……その計画はわかるが、収穫祭は大勢の人が集まる。砦街の祭りということで隣国からの行商人も来るし、毒草の煙を発生させればクローヴァス以外も吸って大騒ぎになるだろう。

それでも、わざわざレアンドルがこの葉を持ってきたということは、領主はこれを使うつもりなのだ。

(この葉を本当に使おうとしているの？　どうやって……？)

むしろ、この葉が罠ではないのだろうか？

レアンドルは汚い手段を使っても勝てばいいと言っていた。毒をちらつかせてクローヴァスに警戒させ、勝負の前に神経をすり減らそうという盤外戦なのかもしれない。

(そんなこと、わざわざするのかしら？　どうしよう。レアンドルさんが考えていることも、領主様が考えていることも、まったくわからないわ)

サニアは思考の迷宮に入りこんでしまう。

レアンドルの行動は、勝負に水を差されたくないだけなのか、それとも違うのか。彼の性格を知らないので、どちらの可能性もありうると思ってしまう。

しかし、自分のやるべきことは決まっていた。

(私は孤児院のマザーだから、子供の気持ちはわかっても戦略なんてわからないわ。専門家に任せましょう)

サニアはクローヴァスに情報を伝えることにする。

幸いなことにクローヴァスは毎日会いに来てくれる。サニアが作ったバザーの品物を受け取ってくれるので、そこに手紙を紛れこませればいい。

だが——。

「あっ！」

テーブルの上を見てサニアは思わず声を上げた。数日前に執事に筆記用具を回収されたばかりである。部屋からは出られないし、このままではサニアは手紙を書けない。

(なんてこと……。私がなにか情報を掴んでも、クローヴァスさんに伝えられないようにしたんだわ)

そもそも、クローヴァスの来訪時以外はサニアは客室から出してもらえなかった。屋敷に滞在するレアンドルと顔をあわせないようにするためかもしれない。

レアンドルの口ぶりからするに、戦争中に二人は何度も剣を交えたのだろう。お互いの癖は知っているだろうし、事前に戦法を練られるのを懸念していたのだ。

サニアは腕を組んで小首を傾げる。

この毒草が領主の企《たくら》みなのか、それともレアンドルの盤外戦なのかはわからない。サニアがいくら考えたところで、答えは得られないだろう。

どうにかして毒草の存在をクローヴァスに知らせて、あとは考えてもらうしかない。

(でも、どうやって伝えれば……)

筆記用具はない。かといって、彼と会う時にはいつも領主が立ち会っているので、口頭で伝えるのも不可能だ。

よって、領主の目を盗んでクローヴァスに伝える必要があった。

サニアは部屋を見渡す。部屋にある使えそうなものは刺繍用具だけ。

(布に文字を縫うこともできるけど、読めるように文字を縫うのはとても時間がかかるわ)

この国の文字はとても細かく、識別できるように刺繍するのは難しい。一晩ではまず無理だ。

(なんとか刺繍で知らせるには……そうだわ!)

はっと顔を上げ、布を用意するとさっそく刺繍に取りかかる。サニアと彼だけの特別な刺繍があるではないか。

(わざわざこれを刺繍したら、気付くはず……)

できあがった品物が一つだけというのも怪しまれるから、バザー用の品物もきちんと作らなければならない。かなり忙しそうだ。

（それでも、私にできるのはこれだけだから、頑張らないと）

考えてもわからないサニアにできるのは、きちんと伝えることだけ。運ばれてきた夕食をかきこむように食べ、刺繍に没頭した。


翌日の夕方、いつも通りクローヴァスが訪れた。サニアはバザー用の品物を持って彼に会いに行く。

日中も、そしてクローヴァスに会いに玄関ホールに行く途中も、レアンドルの姿を見かけなかった。領主がサニアに会わせないように気をつけているのだろう。

サニアの顔を見るクローヴァスはいつも嬉しそうにしてくれるが、今日ばかりは心配そうに眉根を寄せた。

「サニア。どうした、眠れないのか？」

夜遅くまで刺繍をしていたので寝不足である。孤児院では熱を出した子供の看病など、睡眠が取れない時もよくあった。

しかし、ここではそんなことはないので不審に思ったのだろう。クローヴァスが領主に鋭い視線を向ける。

「あ、あの！　昨日は刺繍に夢中になって、夜遅くまでやってしまったんです。布も糸も上質のものを用意してもらえたので、調子に乗って、つい……」

領主を加えてのやりとりはしたくない。サニアは口早に言った。

「そうか」

「おかげで、今日はよくできました。どうぞ、受け取ってください」

サニアは作った品物を渡す。ハンカチが何枚かあり、一番上はハヤブサの刺繍のハンカチだった。

——そう、ハヤブサだ。

ハヤブサが四つ股の葉を咥えている刺繍である。葉は小さく、顔を近づけないと四つ股になっているとはわからないだろう。領主からはなんの変哲もない刺繍に見えるはずだ。

(クローヴァスさんに渡していたバザー用の品物に刺繍していたのは植物だけ。鳥……ましてやハヤブサなんて今まで一枚も刺さなかったわ。どうか、これで気付いて……！)

彼と結ばれた日にハヤブサを刺繍したハンカチを贈った。ハヤブサの刺繍は特別なものであるとクローヴァスに気付いてほしい。

彼は受け取った品物を眺めた。

「今回も素敵な刺繍だな。さすが、夢中になって縫っただけのことはある。俺が欲しいくらいだ」

「クローヴァスさん……」

「孤児院に渡しておく。あとは俺に任せておけ。サニアのおかげで、今年はバザー用の品物がたくさんあるとマザー長が言っていた。明日は収穫祭だ。心配しなくていいから、今日はきちんと寝るように」

「……はい」

サニアは頷く。そして彼は帰っていった。いつもより滞在が短い気がする。

(クローヴァスさん、気付いてくれたかしら?)

部屋に戻ったサニアは悶々《もんもん》とした気持ちで窓の外を眺める。

(あの刺繍で四つ股の葉が……毒草だって伝わるかしら?)

ハヤブサの刺繍はそこまで大きくなく、さらに咥えられている葉はもっと小さい。さすがに毒草の特定にはいたらないと思い、仕掛けを施した。あのハンカチを広げてみると、ハヤブサの対角線上の隅に白い糸で毒草の輪郭を刺繍してあるのだ。布地は白なので白い刺繍は目立たないし、そもそもたたんだまま渡している。

ハヤブサに気付いたクローヴァスが広げてくれれば……と願うばかりだ。

折りたたんだ場所に少しでも文字を刺繍できればよかったが、ハヤブサに時間を取られてしまったので、葉の輪郭を刺繍するだけで限界だったのだ。

勤勉なサニアがバザーの品を少ししか用意できないのも怪しい。他にも作らねばならず、睡眠時間を削ったところでこれがサニアにできる精一杯だった。

（レアンドルさんの盤外戦の可能性もあるけれど……）

考えてもわからないのに、気がかりでそればかりが頭に浮かんでしまう。

（領主様が毒草を用意していたとして、クローヴァスさんがそれを口にしてしまったら……）

毒殺まではしないだろうと思うものの、サニアの胸に一抹の不安がよぎる。

彼さえ無事でいてくれるなら、自分は領主の愛人になっても構わない。どうか最悪の事態にはならないでほしい。

やるべきことはやった。あとはもう、祈るしかなかった。

——とうとう、収穫祭の日が訪れた。

新年祭よりも大きなお祭りなので、民衆たちは浮かれている。

サニアは孤児院の手伝いをしたいと頼んでみたが、領主の側にいるようにと命令された。

メイドを三人も応援に出しているので十分だろうと言われてしまえばその通りなので、なにも答えられない。

しかも綺麗に化粧を施され、じゃらじゃらとアクセサリーもつけられた。孤児院のマザーとは思えないくらいに見違えた姿になる。

美しく着飾られたサニアは領主の隣を歩く。例年なら彼の妻がいた場所だ。その妻は領主に愛想を尽かして出ていってしまったので、代わりにサニアがその役目を賜ったのだ。

とはいえ、特別な仕事があるわけではない。ただの賑やかしだ。領主は女性を連れて収穫祭を楽しみたいだけなのである。

(でも、この衣装はちょっと……)

サニアに用意された衣装はとても高価なものだとわかるが、妙に身体の線が出るし、布が薄い気がする。足の部分にスリットが入っていて、歩きやすいけれど一歩踏み出すたびに太腿が露わになった。ここまで足が見える服を着たことがないので、とても恥ずかしい。

領主はといえば、収穫祭を回って市場を確認している。着飾った若い女性を隣に連れているからか、とても機嫌がよさそうだ。

(クローヴァスさんはいるかしら?)

サニアは領主の隣でクローヴァスの姿を探す。騎士団員はそこかしこにいるけれど、騎士団長の姿は見当たらなかった。

お祭り騒ぎに紛れて酔っ払いが暴れたりするし、暴動も警戒しなければならないので騎士団は忙しい。模擬戦の準備があるから尚更だ。サニアはクローヴァスに会えずにいる。

「あっ、サニア！　お姫様みたい！」

領主と一緒に収穫祭を回っていると、孤児院の小さい子たちが駆け寄ってきた。

「すごーい、綺麗！」

「きらきらしてるー！」

まだ小さく、裸をいやらしいとも思わない年齢だ。太腿が露わになっていても気にせず、ひらひらしたドレスを純粋に素敵だと思うのだろう。

「ありがとう。バザーの売れ行きはどう？」

「とってもいいよー！　サニアが作ってくれたやつ、めちゃくちゃ売れてる！」

「ハンカチも売れているの？」

「うん！　一番すごかった花の刺繍は真っ先に売れたよー！」

「……！　そうなの」

たくさんのハンカチを作ったが、一番時間がかかっているのはハヤブサの刺繍である。花の刺繍を一番すごいと言うならば、サニアのメッセージに気付いたクローヴァスがそのハンカチを持っているのだろうか？

だとすれば、サニアのメッセージがきちんと伝わった可能性がある。

（とはいっても、子供の価値観だから、あまりあてにできないわ……）

楽観視はできないけれど、「教えてくれてありがとう」と子供の頭を撫でる。

「ねえ、サニア。いつ帰ってくるの？」

「そうだよ。新しいお姉さんたちがいるけど、サニアがいないと寂しいよー」

子供たちが抱きついてくる。その手の小ささに、きゅっと胸がしめつけられた。

「ありがとう。今夜か明日には帰れると思うわ」

サニアは子供たちを抱きしめ返す。子供特有の高めの体温が心地よい。ずっとこのまま抱きしめていたいくらいだ。

「おい、ぐずぐずしている暇はないぞ！　ワシはまだ回らねばならん場所があるんだ！」

サニアと子供たちが話していると、苛ついた様子で領主が声を荒らげた。子供たちがびくりとする。

「遅くとも、明日には絶対に会えるわ。さあ、みんなのところに戻って」

「うん」

領主の不興を買わないよう、サニアは子供たちをそそくさと送り出した。

「帰るのは明日になるなど、お前もわかっているようだな」

話を聞いていたのだろう、にやにやと汚い笑みを浮かべながら領主が腰に手を回そうとする。サニアはさっと身をかわした。

「やめてください。まだ勝負はついていません」

「おっと、そうだったな。いかんいかん」

契約書に謳《うた》っているからか、領主は大人しく手を引っこめる。

「楽しみは夜に取っておくか」

「ひっ……」

耳元で囁かれて、ぞわっと怖気立った。

「さあ、行くぞ」

「……は、はい」

すたすたと歩き出す領主に続く。あと数時間後に自分の運命が決まるのだと思うと、サニアは落ち着かなかった。


騎士団員たちの模擬戦は毎年かなり盛り上がる。刺激が強すぎるため子供は立ち入り禁止になっていた。また、模擬戦に限り賭け事も許される。

模擬戦が開かれる広場には、すでに顔を赤くした酔っ払いたちが集まっていた。

「なんと、今年は騎士団長様が出るっていうじゃねえか！」

「戦争の英雄だろ？　そんなの、騎士団長の勝ちに決まってる。賭けにならないだろ」

「そう思うだろ？　あの領主がなんかすごい相手を招いたらしいぜ」

ざわざわと、観衆の声が耳に届く。

観客席から離れた場所に高台が立てられており、そこに領主用の特等席が用意されていた。

サニアも一緒に座らされる。この場所なら、かなり試合が見やすい。

騎士団の待機場所は、戦いが行われる場所を挟んで向かい側だった。そこにクローヴァスの姿を見つける。

(クローヴァスさん……!)

今日は正装に身を包んでいた。より一層彼が凛々しく見える。

視線が交わると、大丈夫だというように彼が頷いた。その姿があまりにも格好よくて、こんな時なのにサニアの胸がときめいてしまう。

時間になると、まずは新人の騎士から試合が開始された。

勝者には賞金が出るだけでなく、出世しやすくなるのでみな真剣である。賭けている民衆たちの声援にも熱が籠もっていた。

(す、すごいわ)

サニアは毎年、孤児院の仕事に追われて模擬戦を見たことがなかった。遠くから聞こえてくる歓声を聞くだけである。初めて見る試合の迫力にサニアは圧倒された。

模擬戦とはいえ、真剣を使うので流血はつきものだ。鎧《よろい》をつけているので致命傷にはならないが、鉄で守られていない腕や足は容赦なく斬りつけられた。思わず目を背けてしまう。

ここまでしなくてもと思うが、つい十年前まで戦争をしていたのだ。隣国とは和平を結んでいるとはいえ、剣を用いた実戦は騎士にとって必要なのだろう。

金と出世、なにより騎士としての名誉をかけた戦いは凄まじい。年に一度、これを楽しみにしている民衆が多い気持ちもわかってしまう。かなり興奮する見世物だ。

「おい」

領主は使用人の一人を呼び、なにやら耳打ちする。サニアはこっそり聞き耳を立てるが、歓声にかき消されて聞こえない。

使用人は頷くと、騎士団の待機場所へと向かった。そしてクローヴァスに声をかける。

(どうしたのかしら?)

試合よりも気になってしまいクローヴァスを見ていると、彼が特等席まで歩いてきた。その頃合いに行われていた試合が終わり、ちょうど休憩時間となる。

特等席の前に姿を現したクローヴァスは騎士らしく一礼をした。

領主に騎士団長が挨拶をするのは特におかしくない光景だが、今日ばかりは注目を集めていた。なにせ、クローヴァスは模擬戦の最終試合に出るのだ。自然と目を向けてしまうだろう。

側にいるサニアも民衆たちの視界に入ってしまう。彼らはクローヴァスを見ているのだが、たくさんの視線を感じてどうも落ち着かない。

その一方で、二人は見られることに慣れているのか堂々としていた。

「今年の模擬戦もなかなかだな。楽しませてもらっている」

「それは光栄ですね」

「そこで、だ。騎士団長殿に褒美をやろうと思ってな。おい」

領主が使用人に声をかけると、木箱が用意される。クローヴァスがそれを開けると、中には葉巻が二本入っていた。

「これは去年の上質の葉だけを使用して作らせたものだ。吸わせてやろう」

そう言うと、領主は葉巻を一本取って使用人に火をつけさせる。

「あなたは煙草を吸いませんよね？　どうぞ、こちらへ」

使用人の一人に促され、サニアは特等席の高台から下ろされる。

今日の収穫祭は煙草の葉が主役だ。

毎年、領主が一番いい葉で葉巻を作らせているというのは有名な話である。

クローヴァスに葉巻が出されたのを遠巻きに見ている観客が声を上げた。

「おっ、騎士団長殿は領主様の葉巻を吸わせてもらえるのか？」

「羨ましいぜ」

羨望の眼差しを向けられるが、クローヴァスは愛煙家ではない。しかし、使用人が葉巻を取り出し火をつけて彼に差し出した。

ここまでされれば、クローヴァスも断れないだろう。騎士団長という立場の彼が、民衆の前で領主をないがしろにできるはずがない。

クローヴァスは葉巻を受け取り唇を寄せる。白い煙が空に上っていった。

それを見てサニアは息を呑む。

(煙って、まさか……！)

あの毒草は煙を吸うと身体が痺れる効果がある。

高台に作られた特等席は他の席と離れていた。しかもこの季節、風は同じ向きに吹くが、煙草の煙は観客席とは逆方向に流されていく。領主と使用人たちはさりげなくクローヴァスの風上にいるし、サニアも煙の届かない場所に連れていかれた。

(この方法なら、クローヴァスさんだけに煙を吸わせることができる。あの葉巻の中に毒草が混じっているのかもしれない)

なんとか止めさせなければ。サニアは咄嗟に駆け寄ろうとするが、使用人に阻まれた。

「領主様も、騎士団長殿も葉巻を楽しんでおられます。女性が側に行くものではありませんよ」

「でも……！」

「なにを知っているのかわかりませんが、行ってはいけません。……そうでないと、あの葉巻に火をつけたまま孤児院の出店の前に置いてきますよ」

「な……！」

サニアは硬直する。

毒草の煙を吸ったところで身体が痺れるだけだ。口に入れなければ命に別状はない。だからといって、子供たちに苦しい思いをさせたくなかった。

行くに行けず、サニアは立ち尽くす。

「試合前なので、これくらいで遠慮しておこう。それでは、失礼する」

クローヴァスは葉巻を使用人に返し、一礼して待機場所へと戻っていく。葉巻の火はすぐに消された。

はらはらしながらサニアはクローヴァスを見守った。足取りはしっかりしているように見える。

(どのくらいで身体が痺れるのかしら……？)

先程の使用人の言動からするに、あの葉巻に毒草が入っているとみなして間違いないだろう。しかし、図鑑には煙を吸ってからどのくらいで症状が現れるかまでは書かれていなかった。

(でも、ハヤブサのハンカチに気付いたなら、なにか対策をしているかもしれない)

サニアとは違いクローヴァスは頭がいい。大丈夫なはずだと自分に言い聞かせる。

煙が消えた頃、サニアは元いた席に戻された。それと入れ替わるように、クローヴァスの葉巻の火を消した使用人がどこかに行ってしまう。彼だけはそれなりの煙を吸ったはずだ。

(身体が痺れたのが周囲に気付かれないように、どこかに身を隠すのかもしれない)

その使用人が気になったけれど、実際に彼の身体が痺れ始めたのを確認したところで、「やはり葉巻に毒草が入っていた」という確証を得られるだけだ。大した意味はない。

休憩時間も終わり模擬戦が再開された。模擬戦の後半戦は上位の騎士たちの試合で、とても迫力がある。

ただ、いまひとつ集中できずにサニアはクローヴァスばかりを見つめていた。

(……少し顔色が悪いかもしれないわ)

葉巻を吸って戻った彼は、なにか特別なことをしているようには見えなかった。解毒薬と思われるものを飲んだりもしていない。腕を組んで部下たちの試合を静かに見守っている。

そして、とうとう最後の試合になった。領主が立ち上がる。

「さて、諸君。本日の最終戦は騎士団長クローヴァスが出る。今まで彼の相手になる人がいなかったので模擬戦は不参加だったが、この収穫祭を盛り上がらせるためにも、ワシは特別な客人を招いた。みな、騎士団長の戦いを見たいだろう?」

領主が高らかに告げると、観衆が沸く。地響きも起こりそうな大騒ぎで、サニアは思わず両手で耳を塞いだ。

歓声が収まった後、領主は再び声を張り上げる。

「それでは紹介しよう！　隣国の国境騎士団・副騎士団長レアンドル殿だ」

その言葉のあと、少し奥に用意されていた幕屋からレアンドルが姿を現す。彼は背丈ほどあるだろう長い剣を携えていた。その顔つきを見て、ぞわりとサニアの肌が粟立つ。

（こ、怖い……！）

覇気と言うのだろうか？　レアンドルは周囲を竦《すく》み上がらせるような圧を放っていた。

離れた場所に立つ彼の間合いには入っていないのに、サニアは恐怖を感じる。前にサニアの部屋で会った時の彼とは雰囲気が全然違っていた。

「彼はつい先日まで騎士団長だった男だ。だが、王命がない限り騎士団長は国から離れられないだろう？　そこで彼は最近、あえて自分の地位を譲り、自ら副団長となった。そしてめでたく、この国に来られたというわけだ。この国の騎士団長であるクローヴァスと戦うためにな」

副団長という地位でも、クローヴァスに劣るわけではないと領主が説明した。ざわつく民衆たちの声がサニアの耳に届く。

「隣国の騎士団長だったのか？　とてつもない強さだって聞いたことがあるぞ」

「戦争でも、うちの騎士団長と実力は互角だったんだろう？」

「やっぱり俺は騎士団長が負けるほうに賭ける！」

賭け事に参加している民たちは大騒ぎだ。

レアンドルは有名人らしい。騎士団の団員たちも驚いているようだ。

クローヴァスは表情を変えず、ただレアンドルを見ている。

模擬戦に乗じて行われる賭け事は容認されていた。そして最終戦の相手が発表される前まではクローヴァスの勝利に賭けている者がほとんどだったが、レアンドルだとわかるなり、賭け先を変更するものが殺到する。賭け事の胴元はかなり慌ただしそうだ。

いきなり試合を始めてはしらけてしまうと、クローヴァスは急がずにゆっくりと戦いの場へと進み出た。だが、その彼の姿を見て民衆たちが再び騒ぎ出す。

「おい、どういうことだ？」

「騎士団長様は鎧を着ないのか？」

致命傷を負わないために、今まで戦っていた騎士たちは急所を鎧で保護していた。しかしクローヴァスは愛用の剣を持っているだけで、鎧を身に纏っていない。

「久しぶりだな、クローヴァス」

「ああ。何年ぶりだろうな」

二人とも剣を手にしているものの、構えることなく会話する。どうやら、レアンドルも賭け師が落ち着くのを待ってくれているらしい。意外と空気を読む男のようだ。

「鎧はどうした？」

「必要ない。もしここで死んだとしても俺の責任であり、本国と貴国の関係にはなにも影響しない。……いいな、お前たち」

クローヴァスが振り返り、部下の騎士たちに声をかける。

「ふーん。いいだろう、なら俺も鎧なしでやってやるよ」

クローヴァスに触発されたのか、レアンドルも自分の鎧を脱ぎ捨てる。

(鎧をつけずに剣を交えるなんて……。本当に死んでしまったらどうするつもりなの?)

サニアは自分のことよりも、クローヴァスが心配になってしまう。

二人の実力は同等らしい。鎧なしで戦えば、それこそ命がけの試合になるかもしれない。

サニアは胸の前で両手を組む。その様子を見て領主がにやにやしながら訊ねてきた。

「神に祈りでも捧げているのか? 祈れば神が勝たせてくれるとでも思っているのか?」

「……いいえ。ただ、無事を祈っているだけです」

自らも孤児であり、マザーとして働いているサニアは、神様がそこまで優しくないことを知っていた。神様が本当に慈悲深いならば、なんの罪もない子供たちが酷い目に遭うはずがない。孤児院に来る子供たちの中には、凄惨を極めた境遇の子もいるのだ。

もちろんクローヴァスには勝ってほしい。ただ、それよりも無事でいてほしかった。自分のことならいくらでも耐えられるが、クローヴァスになにかあったらと考えただけで胸が張り裂けそうになる。

やがて、賭け師も落ち着いてきた。賭けの変更が一段落したらしい。

レアンドルが長剣を構えると、クローヴァスもそれに続く。互いの剣先は相手の喉元に向けられた。

(いよいよ始まるのね)

試合の開始を告げる銅鑼《どら》が鳴る。それと同時にレアンドルの足が大地を蹴った。

(なんて速い……!)

長剣を構えながらもレアンドルの動きは疾風のようで、あっという間に距離を詰める。体幹がしっかりしているのだろう、素早い動きで長剣を振りかぶっても身体の軸がぶれない。

彼の一撃をクローヴァスの剣が受け止めると、金属音と共に火花が散った。先程までの試合で火花が散ることなんてなかったから、最終戦の迫力の違いに民衆たちは盛り上がる。

「おおおおお!」

「すごいぞ!」

サニアの目では追えない剣戟《けんげき》の応酬。どちらが優勢なのかもまったくわからない。ただ、圧倒される。

(あっ……)

レアンドルは涼しい顔をしているが、クローヴァスの額に汗が滲み始めた。呼吸も荒くなっている気がする。

(痺れが出てきたの……?)

徐々にクローヴァスが押されてくるのがサニアにもわかった。彼の動きは精彩を欠いている。

ふと、レアンドルの剣がクローヴァスの二の腕を掠めた。

「……っ！」

鮮血が舞う。サニアは思わず目を逸らした。愛する人が傷つく姿は見ていられない。

(でも……クローヴァスさんは私のために戦っている。ちゃんと見ないと……！)

決意して顔を上げれば、少し見ていなかっただけでクローヴァスの傷が増えていた。両手と右足から血を流している。

「ああっ……」

サニアは泣きそうになる。クローヴァスの動きはふらふらしていた。

「これは、もう勝負がつきそうだな」

まだ決着はついていないが、領主はすでに満足そうに笑っている。

(もう、これ以上は見てられない……！)

サニアの身体が領主のものになり、いくら汚されたとしても構わない。クローヴァスが傷つけられるほうが嫌である。

どう見てもクローヴァスの動きはおかしいのに、彼は降参しなかった。どんどん斬りつけられ、血飛沫が舞う。乾いた大地が紅に染まっていく。

まるで一方的な試合だった。次から次に斬りつけられる騎士団長の姿に、民衆も戸惑っているようだ。

「騎士団長様はどうしちまったんだ……？」

みなクローヴァスの敗北を確信しているようだった。それほどまでに彼らの試合は明らかである。

傷一つないレアンドルとは違い、クローヴァスは血だらけだ。彼は後ろに飛び間合いを取る。

「ずいぶんと動きが悪いんじゃないか、クローヴァス？」

赤く染まった剣を持ちながらレアンドルが声をかける。クローヴァスは一番出血の酷い腕を片手で押さえた。その指の隙間からも血が溢れ出る。

「おっ、どうした？　もう降参か」

通常、剣は両手で構える。それなのに片手で傷口を押さえる様子を見せたクローヴァスに、レアンドルは勝負の終わりを感じ取ったのかもしれない。

だが――。

「……っ！」

先程までふらふらしていたとは思えない速さでクローヴァスが踏みこむ。一気に間合いが詰められた。

「片手で俺が斬れるとでも思っているのか？」

振り下ろされた剣をレアンドルが弾く。クローヴァスの剣は放物線を描きながら空を舞った。武器を失っては勝負は決まったも同然である。

しかし次の瞬間、クローヴァスは傷口を押さえていた手をレアンドルの顔に向かって払った。手に溜まった血が彼にかかる。

「ぐっ！」

突如、レアンドルが目を押さえる。クローヴァスはすぐさまみぞおちに蹴りを食らわせた。レアンドルの身体が飛び地面へと倒れる。

クローヴァスはレアンドルが落とした長剣を奪うと、その剣先を彼の喉元へと突きつけた。

「……俺の勝ちだな」

「クソ……っ、目が痛《いて》ぇ！」

レアンドルは血の入った両目を押さえて動けずにいる。

それはまさに一瞬の出来事だった。劣勢だったクローヴァスが勝負をひっくり返したのだ。

勝敗は一目瞭然で、勝負の終わりを告げる銅鑼が鳴らされる。すると歓声が上がった。

「すげえ！　なんだ今のは！　一気に逆転したぞ！」

「さすが騎士団長だ！」

サニアの全身から力が抜ける。サニアとてクローヴァスが負けると思っていたのだ。

だが、彼は勝った。絶対に君を守ると約束しよう——その言葉を違えることなく、誓いを守ってくれたのである。

呆然《ぼうぜん》と眺めていた。

「クローヴァスさん……」

はらはらと涙が溢れる。その横で、領主は地に伏せるレアンドルを呆然《ぼうぜん》と眺めていた。

クローヴァスは長剣を地面に置き、レアンドルに問いかける。

「レアンドル。お前の目は今、どうなっている?」

「おかしい。燃えるように熱い。血が目に入ったくらいじゃ、こんなことにはならねぇな」

目を押さえたまま、彼は身を起こせずにいる。その異様な様子に、民衆たちは静まり返った。

「聞け！　試合前、領主殿に吸わされた葉巻に毒草が入っていた。おかげで、俺の身体は痺れている！」

突然の告発に民衆たちがざわめく。

「かの毒草の煙は吸うと血を通じて全身を巡り、身体を痺れさせる。だが、その血もまた毒となる。特に目のような粘膜にはよく効き、しばらく視力を失い痺れるだろう。……今夜にはよくなるがな」

レアンドルは未《いま》だに目の痛みに苦しんでいる。その様子が尋常ではないので、クローヴァスが毒草を吸わされたことの信憑性《しんぴょうせい》が増した。そもそも、試合中のクローヴァスの動きはとてもおかしかったのだ。

「さて、領主殿。騎士団長である俺に毒草を吸わせることの意味、わかっているか?　俺の仕事は国境を守ることだ。その俺に毒を盛ったとなれば、国家反逆の罪で裁かれることになるかもしれないぞ？　しかも、ちょうど隣国の副団長を国内に招いているわけだからな。さて、裁判でどう思われるか……」

クローヴァスが領主に問いかける。

「し、知らん！　ワシはなにも知らん！　第一、ワシが毒草を吸わせたという証拠はあるのか？　それに、レアンドル殿は純粋に貴様と戦うためだけに来たのだ。隣国の立場ある騎士に対し、失礼だと思わんかね」

「レアンドルの来訪に領主殿が協力し、俺が何者かに毒を盛られたのは紛れもない事実だ。国はこれをどう裁くと思う？　領主殿はそこまで楽天的であられたか？」

「ぐっ……」

「おい、お前ら！　領主殿を捕縛しろ！」

クローヴァスが叫ぶと、待機していた騎士団員が一斉に動き出し、あっという間に領主を捕まえる。

「な、なんだ貴様ら！　証拠もなしにこんなことして許されると思っているのか！　罪に問われるのは貴様たちだぞ！」

騎士たちに取り押さえられた領主が汚く唾を飛ばしながら怒鳴り声を上げる。そんな彼に、クローヴァスは淡々と答えた。

「証拠もなしに俺がこんなことをするとでも？　……あれを出せ」

「はっ」

クローヴァスが命じると、部下の騎士が帳面を広げる。数字が並んだそれは帳簿のようだ。

「領主殿。知っての通り、国境の孤児院は我が国にとって重要な意味を持つ建物だ。そして、孤児院に毎月提供する費用も決められていた。確か、その金額は……」

クローヴァスが告げた金額にサニアは目を瞠る。そんな額、領主からもらったことはなかった。

「サニア、どうだ？」

「いいえ、そんな額をいただいたことなんて一度もありません」

いつもはその半分以下の運営費しかもらえないと、サニアが首を横に振る。

「領主殿。孤児院の運営費を横領して私腹を肥やしていたな？　俺が寄付しなければ成り立たないほどの経営状況だったのは把握している。寄付金の証明書は数年ぶん取ってあるし、孤児院の帳簿と照らし合わせれば、領主殿からの運営費が少なかったことは明らかだろう」

「ぐっ……！　ワシは知らん！　孤児院の経営が厳しかったのは、そのマザーが金を着服していたからかもしれんだろう！」

「えっ」

突然矛先を向けられて、サニアは呆気にとられる。往生際の悪い領主に、クローヴァスは眉間に深い皺を刻んだ。

「まだしらを切るつもりか？　他にも様々な金を横領していると調べがついている。まあ、あとは文官の仕事だ。この場で言い訳を聞く必要はない。……おい、連れていけ。役人には話がついている」

「はい！」

騎士団長の命令を受け、騎士たちが領主を引きずるように連れていく。領主の情けない声がどんどん遠ざかっていった。

「い、一体なにが起こっているんだ……？」

模擬戦の形勢逆転から、領主捕縛までの一連の流れに観衆たちは唖然《あぜん》としている。クローヴァスは気にすることなく、部下の騎士にてきぱきと指示を出していた。

「急ぎレアンドルの手当てを。流水で目を洗わせろ。また、模擬戦は終わったから観客たちを解散させろ。ここは俺の血が流れて危ない。血のついた土を除去する」

騎士たちがせかせかと動き回る中、領主から解放されたサニアはクローヴァスに近づこうとした。

「クローヴァスさん！」

彼はサニアのほうを見ると、厳しい表情を浮かべる。

「俺に近づいては駄目だ、サニアちゃん！」

「えっ」

クローヴァスがサニアちゃんと口にした瞬間、騎士たちの動きがぴたりと止まった。信じられないといったような目で彼を見ている。

それもそうだろう。頼りになる騎士団長で、先程まで激戦を繰り広げていた男が、成人女性をちゃん付けで呼んだのだ。驚くのも無理はない。

クローヴァスが動揺した様子を見せたのは一瞬だった。大きく咳払いをしたあとに凜々しい声で告げる。

「ちゃん……と、ちゃんと離れていろ。今はまだ、俺の血は危険だ。……まだ痺れていて、呂律《ろれつ》も上手く回らないくらいだから、君のほうに倒れてしまうかもしれない」

クローヴァスのその言葉に、部下の騎士たちは「それもそうだよな」と納得したような顔つきで、それぞれの仕事に戻った。

(なんとか誤魔化せてよかったわ……)

みなの前でサニアちゃんと呼ばれて顔から火が出るかと思ったが、彼が上手に誤魔化してくれたことに思わず笑ってしまう。

そういえば、朝からずっと緊張していたので、ろくに笑えなかった。クローヴァスの怪我は心配だが、とりあえずは元気そうである。

鈴を転がすようなサニアの笑い声に、クローヴァスの耳が少しだけ赤く染まった。

第六章　最愛の人

領主は投獄された。数年前からクローヴァスは領主の金銭的な悪事を把握し、証拠を集めていたようだ。

しかし、金銭を横領していたとはいえ領主の仕事ぶりは有能である。砦街の領主は大変であり、凡人に務まるものではない。

孤児院資金の横領ぶんは寄付すれば問題ないし、領主としてそれなりに仕事をしてくれるなら――と、クローヴァスは証拠を掴みながらも様子見をしていた。騎士団長の仕事は国境の警備であり、不正を暴くことではないのだ。

しかし積年の汚職により、国が領主を疑い始めた。クローヴァスはすぐに証拠を提出し、後任の選定を依頼する。

新しい領主は優秀な者に決まったものの、収穫祭の時期だったので、混乱を避けるために収穫祭が終わってから捕縛するように役人と調整していた。

そんな中に持ち上がったのが、サニアの愛人契約である。

金だけでなく、女性にも意地汚いのは知っていたが、まさか孤児院のマザーにまで――なにより、サニアに手を出そうとしているとはと、クローヴァスは激怒した。

そして、収穫祭当日に領主を捕縛するように動いたのである。準備さえ整えれば、あとの処理はそこまで大変ではない。新しい領主でも問題なく行えるだろう、と。

「万が一、俺が負けたとしても、領主を捕縛してしまえばサニアちゃんは無事だからな」

にっとクローヴァスが微笑む。

――あの収穫祭から一ヶ月が経とうとしていた。

領主が捕縛されたことに対し、「まあ、あの領主だから……」と、領民たちはそれほど衝撃を受けていないようだ。むしろ、領主が代わったことをめでたいと祝っている。

サニアは無事に孤児院に戻れた。子供たちに温かく迎えられて、ようやく心が落ち着く。

そして、クローヴァスはサニアを妻に迎えることを公表した。とはいえ、サニアはマザーを続けるつもりである。

マザー長とも話しあい、サニアはクローヴァスの屋敷から孤児院に通うことに決まった。

それに伴い、孤児院の人員が補充された。そう、サニアの代わりに孤児院に行ってくれた元領主のメイドたちである。

元領主の屋敷のメイドは無駄に数が多かった。領主の屋敷は後任が引き継ぐことになったが、新領主はまず過剰な人員を解雇したのである。

もちろん、新しい就職先を斡旋《あっせん》したが、三人のメイドたちは子供たちに情が湧いたらしく、このまま孤児院で働き続けたいと思ったようだ。

孤児院のマザーに給金は出ないが、生活だけは保証される。もともと領主は美しい女性を働かせるために高い給金を払っていて、無駄遣いをしなかったメイドたちにはかなりの蓄えがあるらしい。

騎士団長の妻になる予定のサニアと同じ職場なら、もしかしたらクローヴァスの部下と繋がりができ、将来有望な騎士との出会いがあるかもしれない――メイドたちには、そんな下心があるようだ。

実際問題、ただのマザーであるサニアが騎士団長を射止めたのだから、自分もあとに続けるかもと期待してしまうのも無理はない。

動機はともかくとして、三人のメイドはすっかり子供たちからなつかれているし、年配のマザーが多い孤児院が断ることはなかった。今後は着服されていた運営資金がちゃんと支払われるし、クローヴァスも寄付を続けるので、孤児院の経済状況もよくなるだろう。マザーが増えても、もっといい暮らしができるようになるはずだ。

ともあれ、クローヴァスの傷も癒え、サニアは今日からクローヴァスの屋敷で暮らす。

食事も湯浴みも終えて、二人は同じ部屋にいた。結婚式は来月の予定だが、クローヴァスの強い意向で一緒の寝室で眠ることになったのだ。

怪我の療養と領主の件で慌ただしく、この一ヶ月、彼とはあまり会話ができていなかった。ようやく落ち着いたので、サニアは詳しい話を聞かされる。

「そうだったのですね……」

勝っても負けてもどうせ領主は牢に入る予定だったと言われてサニアは苦笑する。

「ろくに説明もせずに、不安にさせてしまってすまない。これに関しては国の役人が絡んでいるから、君であっても情報を漏らすわけにはいかなかった」

「いいえ、それはいいんです。勝敗にかかわらず、クローヴァスさんが私を守ろうとしていてくれたことはわかりますから。それに、毎日会いに来てくださいましたし。心強くて、とても嬉しかったです」

「……そうか」

クローヴァスはサニアの肩を抱き寄せ、頬にキスをしてくる。久々に感じる彼の唇に、サニアの胸はどきりとした。

「そういえば、ハンカチに気付いてくれたんですね」

気恥ずかしさを誤魔化すように話題を切り出す。

「もちろんだ。わざわざハヤブサを刺繍しただろう？　肉食であるハヤブサが葉を咥えるのはおかしいし、それが毒草の形をしていることはすぐにわかった。サニアちゃんの刺繍の腕は本当に素晴らしいな！　その細くかわいらしい指で、あんな芸術品を作れるなんて」

息をするようにさらりと褒められてしまい、恥ずかしさは消えない。サニアは人よりわずかに刺繍が上手なだけだ。ここまで賞賛されるといたたまれなくなる。

それでも彼に悪気はないので、素直に礼を言った。

「ありがとうございます。……それでは、あの葉巻に毒草が入っていることを知っていながら吸ったんですか？」

「ああ。まさか食べさせてくることはないと思っていたし、葉巻に混ぜて俺に吸わせてくるだろうと予想していた。今の季節なら風向きは決まっているしな。それに、領主殿はサニアちゃんにあんな契約を結ばせただろう？　だから、罪を一つ増やしてやろうと思ってわざと吸った」

にやりと、クローヴァスは意地が悪そうな笑みを浮かべる。

「極秘裏に隣国の副団長を招いて、騎士団長に毒草を吸わせた。我が国を裏切って隣国に与《くみ》し、再び戦争を起こそうとしていると思われても仕方がない。領主殿にそんな気概がないのは知っているが、俺のサニアちゃんに手を出そうとした罪は果てしなく重い」

「領主様はどうなるのですか？」

「隣国騎士団の副団長を招いただけなら、収穫祭を盛り上げようとしたと通るだろう。そも、レアンドル自身が俺と戦いたいと動いていたようだからな。だが、俺に毒を吸わせるのはやりすぎだ。真っ当な人間なら国境を守る騎士団長に毒を吸わせない。……まあ、すべては領

「主殿の自業自得だから、サニアちゃんが気にすることはないさ」

領主がどうなるのか、クローヴァスははっきりと言わなかった。おそらく、それなりの末路が待っているのだろう。

彼の言う通り、騎士団長に毒草を用いるのは常軌を逸している。この国を愛するならば絶対にしてはいけないことだった。結果的に重罪を背負うことになったのは、一線を越えた因果である。

「クローヴァスさんは、毒だとわかっていて吸ったんですね。心配したのに……」

領主の罪を重くするためとはいえ、自ら毒を吸うなんて。上目遣いでじっと睨めば、彼が小さくうめく。

「……ッ、サニアちゃんは睨んでいる顔まで愛くるしい」

「え」

「心配させてすまない。だが、煙は命に別状はないと知っていたし、身体が痺れても鎧さえ脱げばそれなりに動けるとわかっていた。それに、悪いことばかりじゃない。毒のおかげで血も武器になっただろう？　あの毒は血を巡る。毒抜きもかねてわざと斬らせた」

鋭い刃で斬ったからか、模擬戦の傷痕《きずあと》は腕に残っておらず、かなり綺麗だ。

「あれは模擬戦だし、レアンドルの太刀筋は美しいから、後遺症をもたらすような汚い斬りかたはしてこないだろうと信じていた」

「レアンドルさんの目は大丈夫だったんですか？」

「ああ、あの日の夜にはもう回復した。だが、模擬戦は領主殿の横やりのおかげで互いに納得のいく試合にはならなかったからな。非公式に再戦して、レアンドルには満足して帰ってもらった」

「忙しい中、再戦までされたのですね」

サニアは目を丸くする。

「隣国の副団長がわざわざ来てくれたんだ。友好的にしておくに越したことはない。……それに、なぜ俺が戦争の英雄と言われていると思う？」

クローヴァスが戦争で大活躍をし、騎士団長に就いたことは砦街では有名な話だ。だが、その大活躍の内容が具体的に伝わってきたわけではない。

「強かったからじゃないんですか？」

戦争での活躍といえば相手を倒すことだろう。そう考えたサニアが答えると、彼が言う。

「それもあるだろう。だが、戦争を止めるためにレアンドルと連絡を取って動いていたんだ。和平に一役を買い、戦争を終わらせるきっかけを作ったから、俺は英雄とみなされた。当時の陛下は戦争の落とし所がわからず、疲れきっていたからな。あそこまで膠着《こうちゃく》状態が続くとは思っていなかったのだろう」

「そうだったのですね」

あの戦争に勝敗はなく、和平に終わった。だから彼が英雄になったのかと納得する。

それに、いくら強くても、血気盛んな騎士を国境に置いておくのは危険だろう。しかし、実際に和平に向けて動いた騎士ならば隣国の覚えもあり、戦争も起こりづらい。

この国を守るためにクローヴァスは騎士団長になったのだ。

砦街の外れにある孤児院もそうだし、自分の知らないところで、平和のための措置がとられているのだとサニアは実感する。

「レアンドルは戦いは好きだが、騎士としての矜持《きようじ》が高く、女子供を斬るのは大嫌いなようでな。こちらの前線が押された時も、隣国が街に攻めてこなかったのは彼がいたおかげだ。レアンドルがいる限り、隣国と戦争が起こることはないだろう。孤児院が砦街の外れにあったとしても間違いは起こらない」

クローヴァスがはっきりと言い切る。よほどレアンドルのことを信用しているのだろう。

サニアはまだ若そうな彼の顔を思い浮かべる。

「戦争にも参加していたということは、レアンドルさんはよほど小さい時から騎士だったのですね……」

隣国の法律は知らないが、騎士になれる年齢が低いのかもしれないと考える。しかし、クローヴァスが首を横に振った。

「いや、あいつは俺より年上だ。ずいぶんと若く見えるが、もう四十手前だぞ」

くらいである。

「えっ」

サニアは言葉を失う。

クローヴァスとて若く見えるが、三十四だと言われれば納得できる。

だが、レアンドルはどう見ても二十代だった。サニアより若いと言われても信じてしまうくらいである。

「すごいですね……」

生まれつきなのか、それとも若く見える秘訣《ひけつ》があるのか。今後のために話を聞きたいところだが、クローヴァスが不機嫌そうに眉根を寄せた。

「久しぶりに二人きりになれたのに、なぜ他の男の話をする？　俺はずっとサニアちゃんのことばかり考えていたというのに」

「実はレアンドルさんが毒草のことを教えてくれたんです。だから少し気になっただけで、深い意味はありません」

「そうだとしても、サニアちゃんにはもっと俺のことを考えてほしい」

彼はサニアの手を握ると、じっと見つめてくる。熱を帯びた眼差しだ。

「……っ、考えてますよ。私だってたくさん、クローヴァスさんのことを思っています」

「では言ってくれ。その愛らしい唇で、俺を好きだと言葉にしてもらいたい」

クローヴァスはとても真剣な表情をしていた。しかし、その口から出てきたのは内容は頭に花でも咲いているのかと思うような台詞である。

（冗談ではなく、真剣に言ってるのよね……）

請われてしまえば断れない。恥ずかしいけれど、確かに彼の部屋で他の男の話をするのは配慮が足りなかった。

だから、サニアはきちんと伝えることにする。

「私はクローヴァスさんが好きです」

「好きというのは、どのくらいだ？」

「いっぱい……、世界で一番大好きです」

「……ッ、なんて愛らしい！」

一瞬で彼の顔が目前に迫る。あっと思った次の瞬間、唇が重ねられた。我慢できないというように、激しく唇を貪られる。

「……っ、んっ……」

唇を割られ、肉厚の舌が滑りこんでくる。角度を変えながら深くなっていくキスにサニアは酔いしれた。

（キスって、気持ちいい……）

こうして唇を重ねるのも一ヶ月以上ぶりだ。こんなに気持ちのいい行為だったのかと、改めて思い知る。

「んぅ……」

ソファで会話をしていたが、彼はキスをしながらサニアを抱き上げた。一瞬でも唇を離すのが惜しいとでもいうように、ねっとりと唇を合わせながらベッドへと歩いていく。

いつも彼が使っているベッドに下ろされると、クローヴァスの匂いを強く感じた。男性の香りにどきどきする。

（ここで……クローヴァスさんがいつも寝ているベッドで、抱かれるんだ……）

そう思うと、余計に胸が騒いでしまう。今日からクローヴァスの屋敷に住むことになったし、当然そういう行為をするだろうと覚悟していた。

しかし、実際に始まってしまうと落ち着かない。まだ慣れないからだろうか？

彼は急かさなかった。熱烈な口づけを与えてくるが、大きな手はサニアを落ち着かせるかのように背中を優しく撫でてくれる。

（クローヴァスさん……）

性欲だけでサニアを求めているのではない。彼は自分を愛してくれているのだと伝わってくる。

口づけに熱が籠もり、ただ受け入れているだけだったサニアは己の舌を彼のものに絡めた。

「……ッ！」

ぴくりと、クローヴァスの肩が微かに上がる。

気のせいかもしれないが、クローヴァスの舌が嬉しそうに動いた。言葉はなく、舌を絡めながら抱きあう。

（このまま、ずっとキスしていたい……）

そう考えた刹那、クローヴァスの唇が離れた。彼は熱に浮かされたような眼差しでサニアを見つめる。

「ハァ……ッ、サニアちゃん、かわいい……。大きな瞳も、長い睫《まつげ》も、綺麗な形の鼻も、小さい唇も、柔らかい頬も……どこもかしこも最高に愛らしい」

「あ、ありがとうございます」

「……ああ、耳も小さくて愛くるしい」

そう言うと、彼が耳元に唇を寄せてくる。そして、耳朶《じだ》を唇で食んだ。

「ああっ！」

柔らかな唇に挟まれると、途端に耳が熱くなる。これ以上ないくらい近くに吐息の音が聞こえた。耳孔に滑りこんでくる息にぞくぞくする。

「ひあっ、ああ――」

耳の形に添って彼が舌を滑らせる。ざらついた舌の感触にサニアは身体を震わせた。吐息混じりの粘ついた水音が頭の中に響いてくる。

「ああっ、あぅん……」

耳なんて数えきれないほど触ったことがあるが、なにも感じたことがなかった。それなのに、どうして彼に舐められただけで、こんなにも身体が反応してしまうのだろうか？

「サニアちゃん……。ン、声も愛らしい……。耳、気持ちいいのか？」

「ひあっ！　そこでっ、ん、しゃ、しゃべらないでください……あっ」

「その切なそうな声も、最高にかわいくて大好きだ」

クローヴァスはサニアの耳を夢中で舐めしゃぶる。

サニアは嬌声を上げながら、ぴくぴくと身体を震わせた。まだろくに触れられてもいないのに、お腹の奥がじんじんする。

「あっ、あぁ……っ」

シーツをぎゅっと握りしめる。どうしようもなく身体が疼いて、無意識のうちに内腿を擦りあわせた。もじもじと、まるで小水を我慢している子供のようだ。

「サニアちゃん、その足の動きは……」

クローヴァスが耳から口を離し、サニアの下肢を見てくる。

「み、見ないでください」

「俺に耳を舐められて、身体が熱くなったか？」

「……っ」

指摘されると羞恥心がこみ上げてくる。しかし、小水を我慢していると勘違いされるほうが嫌なので、サニアは小さく頷いた。

「だって、クローヴァスさんが耳を舐めるから、むずむずしちゃって……」

「……サニアちゃん！」

たまらないといった面持ちで、クローヴァスがぎゅっと抱擁してくる。

「ああもう、俺をどうしたい？　騎士団長である俺をここまで翻弄するのは世界でただ一人、君だけだ。愛する俺のサニアちゃん」

逞しい身体にすっぽりと包まれると、なんだか安心する。こみ上げてきた熱が少し収まった気がしたと思えば、寝衣の釦に指をかけられた。

「ああ、愛くるしくてたまらない！」

「んっ」

キスをしながら、彼はサニアの服を脱がしていく。

下穿き一枚になると、彼は膝立ちになって両手で布地に指をかけた。サニアが腰を浮かせれば、「愛らしすぎる」と呟きながら彼が下着を脱がしていく。

粘ついた体液が糸を引いていた。触れられていないそこがすでに濡れていることに、サニアは恥ずかしくなる。しかし、クローヴァスは嬉しそうだ。

「なんて、いじらしい……」

感嘆の息を吐きながら、瞳に劣情を滲ませる。下着が取り払われると、彼はサニアの両膝を割り開いた。

「あんなふうに自分で擦りあわせるくらいなら、俺に気持ちよくさせてくれ」

「……えっ。ちょ、ちょっと待ってくださ……っ、あ！」

まずは胸に触れてから、徐々に大切な場所に触れていくのかと思っていた。それなのに、いきなり足の付け根を責められるとは予想外である。

しかも、指ではなく顔が近づいてきたことにサニアは動揺した。

先程まで濃厚なキスを交わしていた唇が秘裂に触れる。それだけでもう、ぴりっとした快楽が身体を突き抜けていった。

「ひぁっ」

蜜をたたえていたその場所から、さらに愛液が溢れて彼の唇を濡らす。

「ロっ、駄目……っ、ぁああっ」

クローヴァスはキスをするかのように優しく唇を開いて、花弁を吸い上げた。はしたない部分がぬめついた口内に誘われ背筋がぞくぞくする。

ふっくらとした陰唇を何度も丁寧に愛撫されると秘裂がわななないた。自分で足を擦るだけでは得られない悦楽を彼が与えてくれる。

「はぁ……っ、ここも、なんて愛らしいんだ。こんなに大きくして……」

「……っ！」

彼の親指が花芯を押しつぶす。体液で濡れていたそこは、つるんと滑って彼の指から逃れた。すると彼は秘芽を唇で優しく挟み、尖らせた舌先でつついてくる。

「あっ、ああ……っ」

彼の上唇と下唇に固定されているので、いくらつつかれようが逃げられない。興奮と快楽で大きくなった蜜芽は舌を押し当てられるたびにじんと痺れ、さらに大きくなる。

「んっ……、膨らんだな。サニアちゃんのここは、とてもいじらしい」

クローヴァスはぷっくりと硬くなったそこを咥えたまま、その下にある秘裂に指を挿れた。

まずは一本、太い指が侵入してくる。

「あっ――」

「……ッ、とろとろしていて、とても熱い。今すぐにでも君が欲しいが、久しぶりだからよくほぐしておかないとな」

彼は指でゆっくりと円を描く。隘路が拡げられていく感触に、これから彼を受け入れる準備をされているのだと思うと、サニアは妙にそわそわしてしまった。

気がつけば、彼の指が二本に増やされる。指で中をほぐしながら、クローヴァスは花芯を甘噛みしてきた。

「……っ、あ！」

強すぎる快楽に腰が浮く。すると、感じる部分に彼の指が押し当てられた。強弱をつけながら刺激されると、法悦に押し流されるように意識が飲みこまれていく。

「あぁ……っ、あああ……！」

彼の指を食いしめながら、サニアは高みに押し上げられた。久方ぶりの絶頂に酔いしれていると、まだひくつく蜜路を彼の指が行き来する。

「ひあっ」

「顔も声も、とても愛くるしかった。もっと気持ちよくなってくれ」

「あっ、ああ……っ」

達したばかりで体中が敏感になっている。クローヴァスの硬い髪が内腿に擦れるだけで、ぞくりとした。

硬く膨らんだ花芯に舌先がぐりぐりと押し当てられる。それだけで軽く達すれば、太く長い指が抽挿された。

クローヴァスの指は大きいが、彼の下腹部についているものには及ばない。しかし、指を出し入れされると本当にしているかのような錯覚に陥る。

「はぁっ……っ、んっ、あぁ……っ」

粘ついた水音が響く。指と舌で刺激を与えられ続けて何度も達するけれど、彼の動きは止まらなかった。

サニアが幾度も果てているのは彼もわかっているだろうに、ずっと快楽を与えてくる。

「あぁっ、ん……っ、クローヴァス、さ……ん」

何度迎えたかわからない絶頂のあとに名前を呼べば、ようやく彼の指が引き抜かれた。ふやけた指にまとわりついた蜜を肉厚の舌で舐め取りながら、クローヴァスが微笑む。

「ああ、サニアちゃんの味だ。とても美味しい」

「……っ、恥ずかしいこと言わないでください」

ぜえぜえと息をしながら首を振る。すると、ようやく彼は自分の服を脱いだ。腹につきそうなほど反り返っている雄竿は見るだけで恥ずかしくなる。それでも、どきどきして目が離せない。

（今から、あれで……）

よく入るなと思うくらいに彼のものは大きく猛々《たけだけ》しい。サニアがじっと見ていると、ぴくりと彼のものが震えた。

「サニアちゃんに見つめられると、それだけで達しそうになるな」

クローヴァスが苦笑する。

「ああ、俺のサニアちゃん……」

恍惚とした表情で呟きながら彼が覆い被さってきた。硬い雄芯が熱く潤んだ場所にあてがわれる。

「あぁ……っ」

クローヴァスが少し腰を進めただけで、花芯は左右に割り開き嬉しそうに彼のものを受け入れた。彼が自分の中にいるのだと思うと、それだけで胸がいっぱいになる。

「あっ……あぁぁ――」

まだ彼のものは半分しか身体の中に埋められていない。しかし、サニアの身体は悦びに満たされ高みへと上り詰める。

「――ッ」

自身を半分だけしめつけられたクローヴァスが奥歯を嚙みしめた。サニアの媚肉が彼を誘《いざな》うように奥に向かって波打つ。

「ハァ……っ、サニアちゃん……。奇跡の愛くるしさだ。もしかして、君は女神なのか？」

彼がゆっくりと腰を進めてきた。達したばかりでうねる蜜口を硬い欲望に擦られて、サニアの奥で眠っていた官能が引きずり出される。

「ああっ……！」

身体の中を暴かれるたびに小さい絶頂を迎えてしまう。

彼のものがようやく最奥に届いた時には、なにも考えられなくなっていた。とろんとした目でクローヴァスを見つめる。

「サニアちゃん！」

繋がったまま彼が強く抱きしめてくる。頰ずりしながら、彼は何度も愛おしそうに名前を呼んできた。耳に届く吐息混じりの呟きに、身体がどんどん火照ってくる。

「クローヴァスさん……」

応えるように名前を呼べば、身体の中にあるものの質量が増した。隘路がさらに拡げられる。

「もっと俺の名前を呼んでくれ。……ああ、でもこの可憐な唇にキスをしたい。しかし、キスをしたら君の声が聞こえない。サニアちゃんへの愛しさが溢れて、もうどうしたらいいのかわからない」

彼は悩ましげに首を振った後、頰に、唇にキスを落としてくる。

「クローヴァスさ……、んむっ」

とりあえず名前を呼ぼうと口を開くと、彼の大きな唇に覆われた。ちゅっと上唇を吸われたあと、舌を差しこまれる。

「んっ、ん……！」

互いの舌が絡みあう。そうしている間も、身体に埋めこまれたままの彼のものは動かなかった。なんだか焦《じ》らされているような気分になる。

あんなに達したというのに、サニアの身体はさらなる快楽を求めていた。この状況がもどかしくて自然と腰が揺れてしまう。

「――ッ」

サニアの下肢がねだるように動くと、ぴたりと彼の舌が止まった。そして、ゆるやかな抽挿が始まる。

「……っんん、ん――」

大きな先端が媚肉をひっかきながら前後した。悠揚とした動きに彼の形をまざまざと感じてしまう。まるで、身体に教えこまれているようだ。

彼の舌の動きもねっとりとしていて、上から下からじわじわと追いこまれていった。

「――っ、んん……っ！」

絶頂を迎え、ぎゅっと彼のものをしめつけた。それと同時に彼の熱杭が打ち震えて、欲望がサニアの中に注がれる。

身体を繋げるのはもちろん、精を受け入れることが特別な行為に思えた。

（これが、愛しあうということ……）

快楽の中で純粋な嬉しさを覚える。

今までの人生において、サニアは自分のことは後回しにしてきた。

我慢するのはそこまで苦ではなかったし、自分が耐えることで周囲が幸せになるのなら、それでいい。痛みやひもじさは子供たちの笑顔が埋めてくれる。

あの小さな孤児院でひっそりと一生を終えるのだろうと考えていたし、そんな人生も悪くないと思っていた。

しかし、クローヴァスはサニアを大切にしてくれた。与えるばかりで与えられることに慣れていなかったから、最初は戸惑ったものの、誰かに愛されることの素晴らしさを痛感する。

サニアが自分をおざなりにすれば、きっと彼は悲しむだろう。これからは自分のことも大事にしようと心に決める。

(まさか、こんなふうに思う日が来るなんて……)

サニアは手を伸ばし、彼の頬を撫でる。

「クローヴァスさん……ありがとうございます」

自分の価値観を変えてくれた彼に感謝した。

だが、今サニアが考えていた内容を彼は知る由もない。

クローヴァスにしてみれば、吐精したら礼を言われたのだ。彼は驚いたように目を瞠る。

「……ッ、本当に、サニアちゃんは俺をどうしたいんだ？　そんなことを言うなんて……俺は、俺は……っ」

精を放ってもなお硬いままの雄杭がぐりっと奥に押し当てられる。先程の速度とは対照的に、今度は力強く腰を動かされた。容赦なく中を擦られる。

たっぷり注がれた精の半分は奥に押しこまれ、もう半分は肉笠にかき出されるようにして結合部から溢れた。泡立った体液がシーツへと流れ落ちる。

「ひあっ！　あっ、ああっ！」

穿たれるたびに細い身体が揺さぶられる。彼の強すぎる愛をサニアは全身で受け止めた。ゆっくり動かれるのも、激しくされるのも、どちらも心地よい。

逃げるように腰が揺れれば、大きな手にしっかりと押さえられる。お腹の奥がどうしようもないほどに熱くて、頭がくらくらした。

「サニアちゃん、サニアちゃん……っ」

繋がったままクローヴァスが膝立ちになり、角度が変わる。彼からは結合部がよく見える体勢になった。

「サニアちゃんの身体は、どこも愛らしい……！」

クローヴァスはぐずぐずにとろけた蜜口をうっとりと眺める。腰を押さえていた彼の手が下腹部に伸ばされた。そして、蜜口の上で硬く膨らんだ花芯を指が捕らえる。

「この中も俺に見せてくれ。君のすべてが知りたい」

「えっ……？」

彼は包皮をゆっくりと下ろしてきた。充血した秘玉が露わになると、無防備になったそこに指を押し当てられる。

「ひあっ！」

強すぎる快楽が身体を走り抜けていった。普通に触れられるだけでも気持ちいいのに、皮を剝かれて触れられると、感覚が何倍も強くなる。

しかも、身体の内側に彼を受け入れているので、その部分もずっと快楽を訴え続けているのだ。

「あっ、あぁあ……！」

「ここも、なんて愛らしいのか！　こんなに赤くなって……」

くりくりと指で秘玉を弄ばれる。下腹部に熱が籠もり、なにかが溢れそうになった。

「や……っ、ま、待ってください！　なにか、出ちゃう……！」

これ以上されたら大変なことになると、粗相のような気配を感じたサニアが涙目で懇願する。だが、クローヴァスは手を止めるどころか、剝き出しの花芯を引っ張ってきた。

「ひあっ！」

「大丈夫だ、サニアちゃん。気持ちよくなってくれ」

「あっ、ああっ……、んっ、はぁ……っ、ふあぁ……！」

引っ張られたと思えば押しつぶされて、指先でこねくられ、とうとうサニアは耐えきれなくなった。籠もった熱が解き放たれるように、サニアの下腹部から飛沫が上がる。

ゆるい放物線を描いた潮がクローヴァスの鍛えられた下腹を濡らした。両足を開いたまま、彼めがけて歓喜の潮を放ってしまったことの羞恥に顔が赤くなる。

「やあっ……」

「……っ！　愛らしい！　なんて愛くるしい顔を……ああ……！」

クローヴァスは指の動きを止めず、さらに激しく花芯をいじめてきた。そのたびに潮が放たれ、彼を濡らしていく。

「やだっ、もう……」

水音が響くたび、恥ずかしすぎてこの場から消えてしまいたい。しかし、しっかりと繋がっているので逃げられないし、果てすぎて逃げる力もなかった。

サニアの感情とは裏腹に、蜜口は嬉しそうに収縮して彼の熱杭に絡みつく。

「かわいい……サニアちゃん、最高だ。もっと俺を君のもので濡らしてくれ」

「あうっ！　はぁん、あっ！」

秘玉を押しつぶしながら腰を強く穿つ。最奥に強く彼のものを叩きつけられながら何度も達すれば、彼の欲望がようやく爆ぜた。先程よりも熱い雄液がサニアの内側にまき散らされる。

「あぁあ――」

頭の中が真っ白になる。結合部はじんじんとするけれど痛くはない。ただ、頭がおかしくなりそうなくらいに気持ちがよかった。

「サニアちゃん……」

膝立ちになっていた彼が再び覆い被さってくる。彼の濡れた腹と、サニアの薄い下腹が密着した。お互いの体液でシーツも身体もぐちゃぐちゃである。

「愛している。大好きだ。俺の命、俺の最愛。可憐な声をもっと聞かせてくれないか？」

二度も連続で吐精したというのに、彼のものはまだ萎える気配がない。溢れんばかりの熱愛と劣情が滲んだ双眸がサニアを覗きこんでくる。

サニアも快楽に貪欲になった。

（もっと彼が欲しい……）

求められれば求められるほど、同じくらいに彼が欲しくなる。

サニアが目を閉じればクローヴァスの顔が近づいてくる。唇が重なり、再び快楽に沈んでいった。

エピローグ

青く澄み渡った空を見上げれば光が目に沁みる。柔らかな日差しが心地よくて胸いっぱいに空気を吸いこめば、穏やかな幸福を感じた。

ささやかだけれど温かい結婚式を終え、サニアとクローヴァスは正式な夫婦になった。騎士団長の妻になったサニアは相変わらず孤児院のマザーとして働いている。

給金をもらえるわけでもないし、もう働く必要はないけれど、孤児院での仕事はサニアの生き甲斐でもあった。ただ家で夫の帰りを待つだけなんて性に合わない。

水仕事をしている手は皮が剝け、高価なクリームを塗ったところで貴婦人のような滑らかな肌にはならなかった。しかし、クローヴァスはこの手も愛らしいと言ってくれる。お世辞ではないとわかっているので、このままの自分でいようと思った。

今日はサニアもクローヴァスも仕事が休みだ。

とはいえ、クローヴァスは庭で鍛錬をしている。休むと身体が鈍《なま》るので、身体を鍛えることは欠かせないらしい。

彼の鍛錬中、サニアは広い庭を見て回った。そして、庭師にどれだけこの庭が素晴らしいのか感想を告げる。

日中、サニアは孤児院に行くので不在である。クローヴァスもいないし、どれだけ庭を綺麗に整えても、それを褒める人がいなければ庭師は虚《むな》しく感じるだろう。だから、サニアは休日になると庭を散歩して声をかけるようにしていた。

もちろん、それは庭師に限ったことではない。使用人たち全員に対してだ。

実はこの屋敷に来た当初は「騎士団長の妻なのに、わざわざ孤児院で働くなんて……」と、使用人たちから陰口を叩かれていた。主《あるじ》であるクローヴァスの顔を立て、表立って不平不満を態度に出す者はいなかったが、サニアは居心地の悪さを覚えたのである。

しかし、普段から孤児院でしているように、使用人たちのいいところを見つけて褒めるようになると態度が軟化してきた。

クローヴァスは金払いがいい一方、使用人を褒めることはなかった。わざわざ褒めるよりも、仕事ぶりに応じてお金を払うことで相手を評価していたようだが、実は大人になっても賞賛の言葉をもらうのは嬉しいものなのである。

誰にも気付かれないような細やかな部分までサニアに褒められ、使用人たちの心はほぐれたようだ。日頃から孤児院の子供たちを褒め慣れているサニアは語彙も多く、ここ最近は屋敷の雰囲気がとてもよくなったとクローヴァスも嬉しそうである。

日課である庭の散策と庭師との対話を終え、サニアは屋敷の中へと戻った。すると、メイドが歩み寄ってくる。

「奥様、旦那様がお呼びです。部屋でお待ちになっています」

「わかったわ、ありがとう。それと、あそこに飾ってあるお花、とても綺麗だったわ。香りもいいし、あなたが生けてくれたんでしょう？」

「……！　どうして私だとわかったのですか？」

メイドは驚いたように目を瞠った。

「ああいうふうに色を組み合わせるのは、あなただけだもの。いつも素敵にしてくれて、ありがとう。屋敷に入って最初に目に入るものが美しいと、とても心が軽くなるわ」

「そんな、光栄です」

嬉しそうにメイドが微笑む。

サニアは、自分にはなんのとりえもないと思っていた。孤児院のマザーなど誰にでもできるし、難しい仕事ではないと。

だが、長年マザーをしていて自然と身についた技術――相手の個性を見極め、欲しい言葉を与えるのは簡単なことではないらしい。

特に高位の貴婦人は矜持が高く、使用人に冷たく当たる者も多い。他の屋敷でそれを経験したことのあるメイドは、女主人であるサニアの温かさに感動しているようだ。

ともあれ、使用人たちとの関係は順調である。

夫婦の部屋に入るとそこにいたクローヴァスの上半身は裸で、逞しい胸板が露わになっていた。髪の毛が濡れているから、鍛錬のあとに湯浴みで汗を流したのかもしれない。

「サニアちゃん」

サニアの顔を見て、クローヴァスは弾けるような笑顔を浮かべた。

今日は目が覚めた時から隣にいたし、朝食だって一緒にとったのに、彼はいつもサニアを見ると幸せそうな顔をする。自分が彼に幸せをもたらしているのだと感じて、サニアの胸は喜びで弾んだ。

「実は先程、頼んでいた品物が届いた。サニアちゃんに身につけてもらいたくて取り寄せていたんだ」

そう言うと、クローヴァスは箱を差し出してきた。光沢のある紙の箱はこれだけで美しい。子供たちに上げたら喜びそうだし、工作に使えるかもしれない。この箱だけ孤児院に持っていってもいいか、あとで聞こうと考える。

「ありがとうございます、クローヴァスさん。開けてもいいですか？」

「もちろん。そのために君をここに呼んだ」

サニアはわくわくしながらサテンのリボンを外す。誕生日でもなんでもないのに贈り物をされるなど、まだ慣れない。それでも、彼の溢れんばかりの愛情は嬉しいものだ。

丁寧にリボンを解いてそっと蓋を開ける。中に入っていたのは――。

「えっ」

サニアは思わず声を上げた。

中には色とりどりの小さな布が入っていた。綺麗なレースのついたそれはハンカチにしては形がおかしい。

もしかしてと思いながら手に取ってみると、それは逆三角形をしていた。

「これって……まさか、下着ですか？」

「ああ。ぜひともサニアちゃんにつけてもらいたい」

真正面から力強く言われてサニアは戸惑ってしまう。

「あの……もしかして、私の下着はまたボロボロになっていましたか？」

かつて雑巾とまで言われた下着は、今思えば確かに酷いものだった。

それでも、最近は騎士団長の妻として、身なりはそれなりに気をつけている。サニアがみっともない服装をしていれば、夫であるクローヴァスの品位まで落としかねないからだ。

しかし、それはあくまでも自分の基準だ。「このくらいなら大丈夫」と思っても、クローヴァスから見れば違うのかもしれない。途端に不安になる。

そんなサニアに、彼は首を横に振った。

「違う。結婚してからというもの、君はいつだって俺のために綺麗にしてくれてるだろう？

それは知っている。これはただ、俺がサニアちゃんに身につけてほしいだけだ」

「え？」

「初めてサニアちゃんの下着を見た時のことが頭から離れなくてな。あの時はなんてものを身につけるんだと思ったが、俺の前でだけはつけてほしいという願望が日に日に増して、俺の脳内では大変なことになり、気がつけば取り寄せていた」

「……そ、そうですか」

（クローヴァスさんの頭の中ではどうなっていたのかしら……？）

そう思いながら、サニアは箱の中身の下着を見る。あの日着用した下着に似た、股ぐらの布地が丸い玉になっているものもあった。恥ずかしいことを思い出して頬が赤くなる。

「夜まで待つつもりだったが、届いた途端にこれを穿いたサニアちゃんが見たくて、たまらなくなってしまってな。我ながら堪え性がない。だが、君を愛しすぎているから仕方ないんだ。どうか今すぐにつけて見せてくれないか？」

熱っぽい眼差しを向けられて、どきりとする。特に予定があるわけではないし、断る理由もないのでサニアは頷く。

「わかりました」

「……！　ありがとう、サニアちゃん。こんなに俺を甘やかしていいのか？」

「ふふっ。いつも私のほうが甘やかされてますよ」

彼は溺愛している自覚がないのだろうか？　サニアは思わず笑ってしまう。

「少し後ろを向いてくださいますか？」

「ああ、わかった」

言われた通り、彼は律儀に背を向けてくれる。サニアは今穿いている下着を脱ぎ、新しい下着に手を伸ばした。

（どれにしようかしら……）

布を広げてみれば、実に様々な形の下着が揃っていた。股の部分に切れ目が入っているものまである。これは下着の役目を果たせるのだろうか？

迷いに迷って、豪奢《ごうしゃ》なレースの下着を選んだ。股の部分の布はきちんとあるが、それ以外はほぼレースである。足を通してみると、恥丘の膨らんだ部分までレースになっていて、うっすらと透けていた。お尻の割れ目もレース越しにほぼ丸見えである。

（でも、これが一番まともな気がするわ）

一番重要な部分にきちんと布があるという理由でそれを選んだ。そして、クローヴァスに声をかける。

「クローヴァスさん。穿いたので、もうこちらを向いていいですよ」

「ありがとう、サニアちゃん」

クローヴァスが振り返るが、サニアはスカートを下ろしているので着替えたことはわからないだろう。だから、裾を持ち上げてゆっくりとまくり上げていく。

「――――ッ！」

まさかサニアが自らそんなことをするとは予想もしていなかったのだろう、クローヴァスは驚いた表情を浮かべた。

スカートを上げていくと、白くて細い太腿が露わになる。さらに布をたぐり、下着が晒された。

（こうして下着を見せるのも、なんだか懐かしいわね……）

孤児院にいた頃を思い出す。いくらきちんと着用しているか確かめるためとはいえ、あの時はひたすら恥ずかしかった。

もっとも、今でも恥ずかしい。けれど、喜ぶクローヴァスが見たくて積極的になってしまう。

「サニアちゃん……」

「えっ」

たった一瞬で距離を詰められた。光より速かったかもしれない。

離れていたはずなのに、すぐ目の前に来た彼は「ありがとう」と呟いてサニアにキスをした。そして跪く。

「クローヴァスさん？」

「ああ、サニアちゃん。よく似合っている」

大きな手がサニアの太腿を撫でる。そして、膨らんだ恥丘に唇を落とした。レース越しに彼の温かな唇を感じる。

「あっ……！」

下着の上からクローヴァスが愛おしそうにキスをしてくる。くすぐったさに身をよじらせると、今度は彼の顔が足の付け根に寄せられた。布の上から秘処に唇を押し当てられる。

「ああっ」

いつも、そういう行為はベッドの上だった。立ったまま大切な部分を舐められるなんて初めてである。

「やっ……っ、あ……！」

彼の顔が足の間に入ってくる。形のいい鼻が恥丘をくすぐり、肉厚の舌が布の上から秘裂をなぞった。彼の唾液とサニアの身体から溢れた蜜で下着の色が濃くなる。

「あっ、あぁぁ……」

布越しの刺激はもどかしい。しかし、それ以上に羞恥心がサニアの胸をくすぐった。

こんな昼間からスカートをたくし上げて、跪いた彼に舐められる。とんでもない行為だけれど、そうであるほど気分が昂揚した。お腹の奥が熱くなり、どんどん蜜が溢れてくる。

「ひあっ！」

存在を主張し始めた花芯を布越しに甘噛みされた。そして吸われる。布一枚を隔てているからか、彼の口内の温度がいつもと違って感じた。

「んあっ、あぁ……」

がくがくと膝が笑ってしまう。快楽を与えられるたびに力が抜けて、立っているのもやっとだ。腰が落ちて自ら彼の顔に秘処を押しつけてしまう。

「やぁ……っ」

クローヴァスの端整な顔が、どんどん自分の蜜で汚れていく。彼はとても嬉しそうだった。

「サニアちゃん！　はぁ、ん……かわいい。もっと――」

恍惚と呟くクローヴァスの下腹部のものは、きつそうに布地を押し上げていた。サニアは彼が欲しくてたまらなくなる。

「クローヴァスさん。お願いですからベッドの上に連れていってください」

もう立っているのも辛くなり懇願した。すると、クローヴァスが顔を離す。

唾液と愛液で下着は肌にぴったりと張り付き、サニアの形を浮かび上がらせていた。ふっくらとした花弁も、硬くなった蜜芽も、ひくつく秘裂も、まざまざとわかってしまう。

「ああ……とてもいやらしくて、かわいい。とても似合う」

クローヴァスは恥丘にちゅっと軽いキスをしてから立ち上がり、サニアを横抱きにする。

「……っ」

窓から差しこむ光で彼の濡れた顔が光る。まだ明るくて、こんな時間からするような行為ではない。

けれど、我慢できそうになかった。火照った身体は彼を欲している。

「サニアちゃん……」

彼は前をくつろげる。大きな怒張は反り返り、先端に透明な液体を滲ませていた。

服を脱ぐのももどかしく、すぐにでも繋がりたい。

そんなサニアの感情を読み取ったように、彼はサニアの下着を脱がせることなく下腹部を寄せてくる。下着をずらして挿入してくるのだろうと思った。だが――。

「え……」

なんと、彼は布越しに先端をあてがってきた。

「クローヴァスさん？」

「サニアちゃん、とても似合っている。だから、一度このままでしたい」

「このままって……、……え？　えっ？」

彼はなにを言っているのかとサニアは疑問符を浮かべる。そんなサニアをよそに、彼は腰を進めた。

――そう、サニアに下着を穿かせたままで。

「あああっ！」

濡れた布地と一緒に彼の剛直が入ってくる。とはいえ、布に阻まれて、彼のものは半分も入ってこなかった。満たされない奥の部分が切なく疼く。

しかしクローヴァスは構うことなく、布越しに抽挿を始めた。

「やっ……、ん、あ……！」

布越しでも彼の硬さと熱を感じる。そして、布の皺が媚肉を擦る感触がたまらない。いつもと違った刺激にサニアは目を白黒させる。

（なにこれ……。濡れた布の感触が焦れったい……！）

少し変わった挿入感に加え、下着をつけたまま繫がっているという事実がサニアを煽ってきた。奥からどんどん蜜が溢れてきて、布越しに彼の剛直を濡らす。

「は、恥ずかしい、です……」

「恥ずかしい？　それだけか？」

半分だけ抽挿しながら、彼が上擦った声で訊ねてきた。どうやら身体の反応で、サニアの具合がどうなのか丸わかりらしい。

「布の感触が気持ちいいです」

小声で呟けば、クローヴァスが満足げに微笑む。

「サニアちゃんはなんて愛くるしいのか！」

「はぅん！　あっ、あぁ……！」

「ああ、なんていやらしくて、刺激的な光景だ」

結合部を見ながら、クローヴァスが腰の動きを速める。どんどん布で擦られて媚肉が敏感になっていく。

それは確かに気持ちよかった。しかし、放置された奥がもの足りなて、切なさにきゅっと蜜口をしめつける。

「やっ……、も、もう……クローヴァスさんが、足りないっ……。奥まで欲しいです……！」

「……！　そんな愛くるしいことを、ン、言われたら……ッ！」

彼のものがぐんと大きくなり、欲望を吐き出した。

布越しに粘液が染みてサニアの中を濡らす。

「あぁ――」

クローヴァスが怒張を引き抜くと、下着は内側に張り付いたままだった。異物感を覚えていると、彼が下着を脱がせてくれる。

「ひあっ！」

中に張り付いた布を剥がされる感触に腰が震える。

たっぷりと出された精が布地に目詰まりしていて、脱がされると同時にほとんどが外に出てきた。多少は布越しにサニアの中を濡らしたけれど、布ごとかき出された精の多さにサニアは驚いてしまう。

（すごいわ……！　いつも、こんなに出てるの？　昨夜だってあんなにたくさんしたのに？）

彼の精で汚れてぐちゃぐちゃになった下着はとても淫靡《いんび》に見えた。きゅんと最奥が疼く。

「俺ばかりがすまない。今度はサニアちゃんを気持ちよくするから……、……って、サニアちゃん？」

「……ッ！」

サニアは身体を起こすと、べとべとに濡れた熱杭に顔を寄せる。そして、それを咥えた。

びくりと彼の腰が揺れる。

「んっ……」

クローヴァスの前戯はとても執拗で、いつもは何度も上り詰めてから彼と繋がる。しかし、今日のサニアはまだ一度も達しておらず、だからこそ余裕があった。

立ったまま舐められたり、下着越しに繋がったりと、恥ずかしい行為がサニアの導火線に火をつけ、積極的になる。彼を気持ちよくしたくてたまらなかった。

「サニアちゃん、そんなことは……ッ、ああ……」

彼が舐めてくれるように、クローヴァスの剛直を舐める。少し渋い味がするけれど、サニアの口内で彼のものは嬉しそうに震えていた。

「ハァ……ッ、ん……。サニアちゃ……ッ、それは、ン、ヤバいから——！　そんな可憐な唇で……、ッ、いけない」

いつになく切羽詰まった声色に、サニアの胸が熱くなる。

(クローヴァスさん、とっても気持ちよさそう……。もっと、もっとよくしてあげたい)

なぜ彼はあんなにも執拗に前戯をするのか、どうせなら一緒に気持ちよくなればいいのにと以前から疑問だった。

しかし、答えを得た気がする。自分の行動で気持ちよくなっている相手を見ると嬉しくなるし、どきどきするのだ。

「んっ、んむ……っ、ん……」

歯を立てないように気を遣いながら筋に添って舌を這わせ、くぼんでいる部分を先端でつつく。びくりと大きく熱杭が跳ねた。

「サニアちゃん……ッ！　もう、それ以上は……」

気持ちよさそうだが、嫌そうではない。サニアはできる限り奥まで咥えて、思いきりすする。

「——ッ！」

クローヴァスがサニアの頭に手を当てた。力は入れず、されど自分のものから引き剝《は》がそうとする。抵抗するとはずみで嚙んでしまいそうだと思い、サニアは大人しく口を離した。

「ハァ……っ、サニアちゃん……！」

肩で息をしたクローヴァスに組み伏せられる。

そして、限界にまで昂ぶった彼の怒張がサニアの中に埋めこまれていった。

「あぁ……！」

布越しに擦られた部分を剛直が押し拡げる。そして、届かなかった部分に彼の熱が入りこんできた。最奥をこつんと穿たれると、それだけでサニアは絶頂を迎える。

「あっ――」

求めていた感覚を得られた充足感に、ぎゅっと彼にしがみつく。すると、背中に手を回されて強く抱きしめ返された。身体が密着してさらに満たされていく。

「サニアちゃんが愛くるしすぎて、俺は頭がどうにかなりそうだ……！　君のすべてを愛している。ああ、サニアちゃん……！」

切なそうに呟いて、彼が腰を穿つ。絶頂の余韻で律動する蜜道を硬い熱が行き来した。

「クローヴァスさん……大好きです。愛してます」

彼の背中に手を回す。腰が自然と揺れてしまった。恥ずかしいけれど止まらない。

「ああ……腰が動いている。どこだ？　気持ちいい部分に当ててごらん」

「あっ、あぁ……」

欲しい部分めがけて角度をつければ、クローヴァスはそこに先端を擦り付けてきた。二人で下腹部を押しつけあうと快楽が弾ける。

「ひあっ！」

サニアはまたもや上り詰める。身体から力は抜けるけれど、快楽にすがりつくように腰はまだ動き続けていた。

「……ッ、まだ腰が動いている……！　もっと欲しいのか？　わかった、俺のすべてを君に捧げよう」

「んっ、はぁ……っ、あ……」

「ああ、本当に、なんて愛らしいのか。尊い……サニアちゃんは朝日より神々しく、俺を照らしてくれる。君が俺を愛してくれた奇跡に感謝する」

荒い吐息混じりに口づけられる。吸われた舌は彼の口内に誘われた。反射的にお腹の中のものをきゅっとしめつけると、彼の口角が上がる。

「ここは理想郷か？　それとも楽園か？　サニアちゃんが側にいるだけで、天にも昇るようだ……」

嬉しさを前面に出しながらクローヴァスが深くキスをしてくる。大げさな気がするものの、彼の限りない愛情がひしひしと伝わってきて胸がときめいた。

「私も天国にいるみたいです」

口づけながら見つめあい、求めあう。

まだ明るい日差しが降り注ぐ室内は、際限のない愛情と幸せに満たされていた。

おまけ　二人の騎士

Honey Novel

　――それは、まだクローヴァスとサニアが結婚する前。激動の収穫祭から三日後の夜のこと。

「はあ？　じゃあお前、恋人でもない女に下着を見せてもらっていたのか？　ただの変態だろう。どんな性癖してるんだよ」

　レアンドルの呆《あき》れた声がクローヴァスの私室に響き渡る。

「なんとでも言え。そういう過程を経て、結果的に結ばれたのだからな」

　蒸留酒を飲みながらクローヴァスが得意げに鼻を鳴らした。

　収穫祭で領主が捕縛され、彼の元に滞在していたレアンドルはクローヴァスの屋敷に移ることとなった。

　幸い、彼の目はすぐに回復した。また、お互いに模擬戦での試合は勝負とみなしていなかったので、仕切り直しをする。

　それは立会人も付けない私的な戦いだった。その勝敗は彼らだけが知るが、双方とも満足しているらしい。

　そして今日、レアンドルが帰国する前に二人は杯を交わしていた。互いの立場があるので、こうして酒を飲んだことなどほとんどない。だが、軍人同士であり剣を交えた仲とあって話は弾む。

最初は戦争の思い出話や兵法についてだった。それがいつしか、クローヴァスの恋人の話になったのである。

どうやらレアンドルには長年片思いしている女性がいるとのこと。しかし、なかなか上手くいかないようで、朴念仁であるクローヴァスがどうやって女性を落としたのか気になったらしい。

しかし、クローヴァスの口から語られた内容はまったく参考にならなかったようだ。なにせ、恋人になる前にスカートをまくらせて下着を見せるようにしていたなんて、特殊な性癖にしか思えない。

この真面目《まじめ》な男がそんなことをしていたのかと、レアンドルはクローヴァスを胡乱《うろん》な眼差《まなざ》しで見つめた。

「信じられねえ。なんでお前みたいな奴《やつ》が結婚できて、俺が独身なんだ」

「ははは。俺だってレアンドルがまだ独り身なのが不思議でならない。言葉遣いこそ悪いものの、空気を読むしよく気が回るだろう？　金も地位もある。あの模擬戦だって、俺の最後の反撃をわざと避《よ》けなかっただろう？」

あの模擬戦――多少の傷を負ったくらいで、クローヴァスが剣から片手を離すはずがない。傷口をわざわざ押さえた意図に気付いたレアンドルは、思惑通りに動いてくれたのである。

領主をすんなりと捕縛できたのはレアンドルの機転のおかげだった。

「葉巻に毒が入ってたとお前が言ったところで、どれだけの人が信じると思う？　第三者が毒入りだったという証拠を示したからこそ、お前の言葉に信憑性《しんぴょうせい》が増した。俺は別に模擬戦での勝敗は気にならないからな。お前ならあとで仕切り直しの試合をしてくれるだろうと思っていたし」

「ああ、もちろんだ。あんなのは試合とは言えん。だが、レアンドルのおかげで助かった。ありがとう」

クローヴァスは素直に礼を伝えた。

騎士団長である自分に勝負を持ちかけた時点で、領主がなにか企《たくら》んでいるのはわかっていた。一服盛られる可能性も考えたが、どのような毒を用意するかまでは予想できない。

そんな中、サニアが毒草の種類を伝えてくれた。どうやってその情報を手に入れたのか疑問だったが、レアンドルの姿を見た時点でクローヴァスは答えを得た。

サニアが領主の屋敷に滞在している間、一度だけ領主に襲われそうになったらしい。その時に手紙で警告し、暖炉に細工をしてくれたのもこのレアンドルだ。領主の客人と言うことで表立って動けない彼なりにできる限りのことをしてくれた。

隠し通路が暖炉に繋《つな》がっているのはよくある話で、そこから侵入してきた暗殺者と対峙《たいじ》するのも騎士には珍しくない。よって、どの国の騎士でも侵入者撃退用の罠《わな》を作れる。

もっとも、騎士ではない領主はそんな罠が存在することなど知る由もないだろう。ろくに手入れされていない隠し通路が老朽化で崩れたとしか思わなかったはずだ。

ちなみに、スープと暖炉の件はサニアに手紙で知らせたくせに、毒草を渡す時は彼が直《じか》に顔を見せたのは、絶対に触らせないためだ。きちんと対面で見張り、触れようとしたら制する必要があった。毒草は最悪命に関わるので、このあたりの危機管理の仕方がまさにレアンドルらしい。

ともあれ、クローヴァスはレアンドルに深く感謝していた。彼は素晴らしい男であり、どう思い人に振り向いてもらえないのかまったくもって謎である。

「幕屋の中から見ていたが、お前、毒入りだってわかっててあの葉巻を吸っただろ？　いい性格をしてるし変態だし、あの女はお前のどこを気に入ったのか……」

クローヴァスは肩を竦《すく》める。

「ふん。サニアちゃんの前では紳士的な振る舞いを心がけていたからな。信頼の勝利だ」

「はあ？　サニアちゃん？　……ちゃん？　まさかお前、そう呼んでるのか？」

「そうだ。あんなに愛くるしい女性を呼び捨てになどできん！　もちろん、そう呼ぶのは二人きりの時だけにしているが、サニアちゃんは本当にかわいいぞ」

「いい年した男がちゃん付けかよ。……うわ、鳥肌が立った」

嬉《うれ》しそうに「サニアちゃん」と語る様子に、レアンドルはかなり引いているようだ。眉間に深い皺《しわ》を刻んでいる。

「なんとでも言え！　……いっそ、レアンドルも俺と同じようにしてみたらどうだ？　君のことだ、真っ正面から思い人に告白してるんじゃないか？　それで駄目なら少し変わった方向から攻めてみるべきだ。戦争だってそうだろう」

「お前と同じって……下着を見たり、ちゃん付けで呼んだりしろと？　この俺が？」

「そうだ。下着を見て『責任取ってください』って言われたら儲《もう》けものだし、サニアちゃんはちゃん付けで呼ぶと嬉しそうだぞ」

「……」

レアンドルは黙りこむ。

もしここにサニアがいれば「そんなことはない」と全力で止めていただろう。だが、クローヴァスが自信満々に言うものだから、レアンドルの心の天秤《てんびん》が揺れたらしい。

朴念仁だと思っていたクローヴァスは実際に婚約までたどりついた。成功経験を持つ者の言葉は強く心に響く。

「まあ、飲め。レアンドルの好きな女性はどういう人なんだ？　何年も思っているんだろう？　君と……いや、俺は部下ともこういう話をしたことがないから、他人の恋の話を聞いてみたい。そして俺にもサニアちゃんについて語らせてくれ」

クローヴァスは饒舌《じょうぜつ》になりながら、空になったレアンドルのグラスに酒を注《つ》ぐ。レアンドルの話を聞きながら、しまりのない顔でサニアちゃん、サニアちゃん、サニアちゃん——そう何度も恋人の素晴らしさを語った。

当たり前のようにちゃん付けで呼ぶものだから、次第にレアンドルの感覚も麻痺《まひ》してくる。酒も進み、終《しま》いには「ちゃん付け、いいな……」と呟《つぶや》くようになっていた。

それからしばらくして、隣国の副騎士団長が婚約したという知らせが届いた。はたして、レアンドルがクローヴァスの助言に本当に従ったのかどうか——それはまた、別の話である。

あとがき

はじめまして、もしくはこんにちは。こいなだ陽日と申します。

このたびは拙作をお手にとっていただき、誠にありがとうございました。

こちらは私がハニー文庫様で書かせていただく初めての作品になります。甘さがあって、気軽に読めて、なおかつ濃厚なラブシーンのある物語を……と思いながら綴った話でしたが、いかがでしたでしょうか？

実はこの作品、プロット時点ではヒーローがヒロインをちゃん付けで呼ぶ設定はありませんでした。甘々なヒーローにしようと思っていたのですが、原稿中に筆がのって、気がつけば「サニアちゃん！」と呼ばせていました。

プロットでは格好いいヒーローだったので、唐突に入れてしまったちゃん付け設定は修正することになるだろうな……と、どきどきしながら原稿を提出したところ、なんとOKが！

そして、サニアちゃん好き好き大好きクローヴァスがここにめでたく誕生しました。担当様、ありがとうございます！

さて、素敵なイラストを描いてくださった八美☆わん先生、誠にありがとうございました。精悍なヒーローとかわいすぎるヒロインに最高にときめきました。本の現物が届いたら抱いて眠ります！

担当様をはじめとする、この本にかかわってくださった皆様。本当にありがとうございます。大変お世話になりました。皆様のおかげで、この作品ができました。心からお礼申し上げます。

それでは、最後までお読みいただき本当にありがとうございました。最大限の感謝を！

感想やお手紙などいただけますと嬉しいです。またお会いできますように。

こいなだ陽日

こいなだ陽日先生、八美☆わん先生へのお便り、
本作品に関するご意見、ご感想などは
〒101-8405
東京都千代田区神田三崎町2-18-11
二見書房　ハニー文庫
「騎士団長は恋人が愛くるしくてたまらない！」係まで。

本作品は書き下ろしです

Honey Novel

騎士団長《きしだんちょう》は恋人《こいびと》が愛《あい》くるしくてたまらない！

2022年7月10日　初版発行

【著者】こいなだ陽日《ようか》

【発行所】株式会社二見書房
東京都千代田区神田三崎町2-18-11
電話　03(3515)2311［営業］
　　　03(3515)2314［編集］
振替　00170-4-2639
【印刷】株式会社 堀内印刷所
【製本】株式会社 村上製本所

落丁・乱丁本はお取り替えいたします。
定価は、カバーに表示してあります。

ISBN978-4-576-22084-0

https://honey.futami.co.jp/

甘くとろける蜜の恋☆濃蜜乙女レーベル
Honey Novel

藍井 恵の本

初恋こじらせ軍人伯爵の暴走愛
～私、婚約解消二回の没落令嬢なんですけど!?～

イラスト＝藤浪まり

婚約解消、父の急逝——没落へとひた走る崖っぷち令嬢の光子。
仕方なしに見合いなど画策するも、幼馴染で軍人の忠士が急遽帰国して…

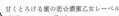

甘くとろける蜜の恋☆濃蜜乙女レーベル
Honey Novel

さえき巴菜の本

星に導かれ王の花嫁になりました
～占いで体位まで決めるのですか!?～

イラスト＝天路ゆうつづ

星読みに導かれ王の花嫁に選ばれた貧乏貴族の令嬢エルザ。
占いで決められているという夫婦の営みは妙に頻度が多く体位も様々で…!?